息子は㋮のつく自由業!?

喬林　知

13330

角川ビーンズ文庫

息子はマのつく自由業!?

息子はマのつく自由業!?
渋谷美子
ユーリの母。
少女趣味だが
渋谷家最強の
人物。
コンラッド
【ウェラー卿コンラート】
前魔王の次男で、
ユーリの名付親。
ユーリの魂を
地球に運んだ。
ユーリ
【渋谷有利】
正義感と負けん気が
人一倍つよい高校生。
第27代魔王に就任。
主人公。
Tomo Takabayashi
illust. Temari Matsumoto

登場人物紹介

渋谷勝馬
渋谷家の大黒柱。
ユーリの父。
銀行マンで
地球産魔族。

村田　健
通称・ムラケン。
ユーリの友人。
ごく普通の眼鏡くん
と思いきや正体は
双黒の大賢者。

渋谷勝利
ユーリの兄。
5歳年上の大学生。
エリート街道驀進中。

本文イラスト／松本テマリ

息子は㋮のつく自由業!?

男の子なんてほんとにつまんない。

小さい頃《ころ》は母親べったりだったくせに、ちょっと声が変わったと思ったら、すぐに自分一人で大きくなったような顔をしだす。

そうなるともう、一緒《いっしょ》にショッピングに行くどころか、あたしの選んだ服なんか着ようともしない。大学生の長男は無難だけど、問題は下の腕白息子《わんぱくむすこ》。父親譲《ゆず》りの最悪ファッションセンスで、毎日、青系のTシャツばかり。

これでもどうにかして女の子らしく育てようと、小さい頃からいろいろ試《ため》してはみた。部屋中をピンクで統一し、可愛《かわい》い玩具《おもちゃ》を持たせたり、伸《の》ばした髪《かみ》をウサギちゃんみたいに結って、幼稚園《ようちえん》に通わせたりもした。

でもまるっきり無駄《むだ》。

見た目はあたし似でまずまずなのに、ベースボールバカな父親がリトルリーグに放《ほう》り込んだものだから、中学生になる頃には、がさつなアウトドア派が出来上がっていた。

まあ、野球少年も爽《さわ》やかで礼儀正《れいぎただ》しくて、青春！　って感じでいいんだけど……どうもあの汗《あせ》の輝《かがや》きの「キラキラ」は、あたしの求める「キラキラ」と本質的に違《ちが》う気がするのよね。

「……っだいィ」

まー、まで言わずに次男がドアを開けて、玄関《げんかん》から居間まですーっと通り過ぎた。フローリングにじっとりと濡《ぬ》れた足跡《あしあと》が残る。

ソファーで仰向《あおむ》けになって寝《ね》ていたお座敷《ざしき》雑種犬二匹《ひき》のうち、先輩《せんぱい》格のシアンフロッコが両《りょう》脚《あし》にまつわりつく。年下のジンターはお腹《なか》を天に向けたまま、撫《な》でてもらえるのを待っている。

「ちょっとっ、ちょっ、とゆーちゃんっ」

下の息子の名前は渋谷有利恵比寿《しぶやゆーりえびす》便利《べんり》。

語呂《ごろ》も語感も縁起《えんぎ》も良くて、我ながら大傑作《だいけっさく》なネーミングだと思う。残念なことに名付け親はあたしじゃなくて、超《ちょう》かっこいい海外のフェンシング選手なんだけど。

「ゆーちゃん何で学生服びっしょりなの!? 雨降ってるんなら教えてくれなくちゃ」

「降ってねーよ」

「じゃあどうしてずぶ濡れなのよ。あっもしかしていじめ!? いじめなの? 大変、ゆーちゃん学校でいじめられてるの?」

「ちがうよ」

きまりの悪そうな顔をして、ばれたからには仕方がないと思ったのか、上りかけた階段から右足を戻《もど》す。

排水溝《はいすいこう》の臭《にお》いは気のせいだろうか。

「やだ、気のせいなんかじゃないわよ。ほんとになんか臭うわよゆーちゃん。どうしちゃったんだか知らないけど、とにかくお風呂《ふろ》、お風呂入ってからじっくりいじめの話を聞かせてもらいますからね」

「だからー、いじめじゃねーって。えとそのぉー公衆便所にはまったんだよ」

「はい？　どうやったらトイレで全身ずぶ濡れになれるのかしらー？　最新鋭《さいしんえい》のシャワー式便器かしらー？　隠《かく》さなくてもママにはちゃんと判《わか》ってます。ゆーちゃんママ似で可愛いから、僻《ひが》んだ子達が理不尽《りふじん》ないじめに走るのよねッ！　でももう大丈夫《だいじょうぶ》、いじめは絶対に許さないから。明日にでもママ学校に押し掛《か》けるからっ」

「高校生にもなってそんなことしてるヒマな奴《やつ》いねぇよ！　呼び出されてもないのに親が学校に来たりしたら、おれはこの先一生、笑いもんだぞ!?」

「親じゃなくて、ママ」

あとで聞いた話だけど、息子はそのときお友達のムラケンくんを助けるために、不良と一戦やらかしたらしい。

でも、濡れ鼠《ねずみ》の有利をバスルームに押しやりながら、あたしは半ば呆《あき》れていた。

ねえほんとに、こんな調子で大丈夫？

美少年タイプじゃないところを除《のぞ》けば、そりゃあ確かに自慢《じまん》の息子よ。ちょっと短気だけど正義感が強いし、成績は悪いけど頭の回転は速い。気が小さいけど勇気はある。

野球と野球と野球と女の子のことしか考えてないけど、人生は楽しいと思ってる。

改めて誰《だれ》かに言われなくても、この世界のあらゆることが素晴《すば》らしいって、本能で感じ取って生きている。

「ゆーちゃんは自慢の息子よ。ママとパパの大傑作」

でもねえ、ほんとに、これで特殊《とくしゅ》な職業になんか就《つ》けるのかなあ。

ことの発端《ほったん》は二十年ほど前に聞かされた話で、それ以来、あたしの疑問は今日まで解決されずにいる。つまりこういうこと。

羽根は……?

あとで聞いた話だけど。

そのとき、本人はもう心を決めちゃっていたらしい。

年が明けて何回目かの待ち合わせで、二十分は遅《おく》れて行ったあたしに、やたらと豪勢《ごうせい》なカップで紅茶が運ばれてきた。

「ごめんねっ、昨日の夜なんだか眠《ねむ》れなくてさ。こんな真冬だってのに耳元で蚊《か》がね……蚊が……かが……」

「ひゃくまんごく?」

加賀百万石？

もしかしてこの人はオヤジギャグ男なのかと、瞬間《しゅんかん》的に身を引いてしまう。

相手はそこそこ有名な大学の四回生で、あまりガッガッしたところのない平凡《へいぼん》な男子だった。中肉中背で身体的に秀《ひい》でたところはなく、顔も特に格好いいとは言い難《がた》い。

声をかけられた時の第一印象は、あっ、プチ垂れ目！　という大変申し訳ないものだった。イタリア男の下がった目尻《めじり》は実にセクシーだが、日本人の垂れ目は人柄《ひとがら》の良さしか感じさせない。従って異性としての魅力《みりょく》を尋《たず》ねられれば、同じサークルのK大生のほうが数段上だった。でも、お洋服のセンスの悪さと名前のインパクトにかけては彼の一人勝ちで、今にも風花が舞《ま》いそうな曇天《どんてん》にもかかわらず、この日も黄色と緑のチェックパンツという出《い》で立ちだった。生地《きじ》は明らかに夏物だ。

氏名はシーズン違いではなかったが、学生サークル間で当時はやっていた、偽物名刺《にせものめいし》交換《こうかん》をした途端《とたん》に噴《ふ》き出してしまった。

「渋谷……かっ、勝ち馬さん？」

「いや、勝ち馬じゃなくてショーマだけど。どっかの競馬新聞と一緒にされると困るんだけどね。そちらこそ……名前がジェニファーって……家族構成複雑？」

「えー、だってコンピューター占《うらな》いでニックネームをジェニファーにすると、運が開けるって言われたから」

れない。

「ははあ、占いね」

他《ほか》の皆《みんな》みたいに鼻で笑ったりはせず、渋谷勝馬（かちうまじゃなくてショーマ）くんは訳知り顔で頷《うなず》いた。ナンパしてきた平凡男のこの態度が、二度目に会うのをOKさせた理由かもしれない。

ともかく通算五回目の紅茶専門店で、渋谷勝ち馬くん通称《つうしょう》ウマちゃんは衝撃《しょうげき》的な告白をした。当時大流行の真ん中分け前髪《まえがみ》の向こうから、たいしたことじゃないんだけどと前置きし、彼は自分が人間ではないとうち明けた。

「やー、実は俺、魔族《まぞく》なんだわ」

「え？」

聞いた途端にイメージ映像が展開し、即座《そくざ》に質問が飛び出していた。

「羽根は？　ねえウマちゃん、羽根」

「はあ？」

「羽根はあるの」

「ねえよ」

虚《きょ》を衝《つ》かれたような間抜《まぬ》け顔で、彼は短く否定する。

いっぱしの女子大を卒業しようという二十二の女にしては、予想外の反撃《はんげき》だったらしい。

「なーんだ、ないのかぁ」

「絶対にないとは言い切れないけど、少なくとも俺は羽根のある子供が生まれたって話は聞いてないな……て、ちょっと待てジェニファー。こんな非常識な話を普通《ふつう》あっさり信じるかな」

冗談《じょうだん》でしょと笑うとか、ノリのいいとこを見せてしばらく話に付き合うとか、その程度の反応を期待していたのだろう。

なのにあたしときたら目の前で、砂糖とレモンを節操なく入れながら、諦《あきら》めきれない顔をしているし。

「だって、嘘《うそ》なの？」

「いやいや、ホント。正気。偽《いつわ》りナシ」

「でしょ？　しかもイメージから言ったら、黒くて優雅《ゆうが》なばっさばっさ飛べる羽根でしょ？」

「なんだそりゃ……女の子の描《えが》く魔族像ってそんなもんなのか」

「だからー、ふわふわはねはねルシファー様なのか、ペタペタコウモリ黄金《おうごん》バットなのか、触《さわ》って確かめたかったの」

お前ちょっとどっかネジが緩《ゆる》んでいるのかと言いたげに、眉間《みけん》に皺《しわ》を寄せてみせる。でも瞳《ひとみ》の奥の心に近い部分では、好奇心《こうきしん》が点滅《てんめつ》してるみたいだった。

これはあとで本人に聞いた話だけど、彼は父方のお祖父《じい》さんから「伴侶《はんりょ》選びは慎重《しんちょう》に」と、耳にタコができるほど言われていたらしい。

ところがあたしの唐突《とうとつ》な質問で、そのお説教が頭から消えてしまったのだとか。

でもね、あたしに言わせれば最初に会ったときから、ウマちゃんはちっとも慎重な態度なんかじゃなかった。

初めて口をきいたのは、ユニバーシアードの会場案内をしていた彼（魔族なのにボランティアだ）に、フェンシングで出場していたあたしが道を訊《き》いたときだった。初対面の相手だというのに、なんかどうもターゲットロックオンって眼《め》をしていた。

自分としては美人だからかなと自惚《うぬぼ》れていたのだが、後《のち》に酔《よ》わせて白状させると、あの時はあたしのお尻《しり》を見て、なんという安産型だろうと感嘆《かんたん》していただけらしい。

なんとも失礼な話である。

話題は彼の家系から世界の魔族へと、ワールドワイドに広がってゆき、忘れられた紅茶はどんどん冷めて、レモンの果肉まで赤く染まってしまった。

「じゃあもし奥さんができて子供が生まれたら、その子は魔族と人間のハーフなの？」

「さあ。生まれてみないと判《わか》んねーなぁ。俺自身、じじいは魔族だけどばーさんは普《ふ》通《つう》の人間だし。親父《おやじ》は未《いま》だにどっちなのか判別できねーし」

あたしは細くて華奢《きゃしゃ》なスプーンを手にしたまま、焦《じ》れて少々高めの声を上げた。

「どっちなのかって、そんな適当なぁ。頭に6が三つあるとか、そういう目印があるんでしょ？」

「そりゃ、あまりにありきたりだろ。血族に子供が生まれた場合、先人にはそいつがどうなのかが判るっていうんだけどさ……俺んときはじーさんも、こりゃそうだってんで大喜びだったらしいが、弟二人は微妙《びみょう》に薄《うす》い感じなんだと」

「……薄いっていうと、髪《かみ》とか？」

「違《ちが》うって」

「変なの」

「まあ魔族っていってもさ、他と大して違《ちが》いがあるわけでもないんだし」

例えばうちの曾祖母《ひいばあ》さんは九十七まで生きたが、婿養子《むこようし》の曾祖父《ひいじい》さんは百を越《こ》えた。一般的《いっぱん》に長命という特徴《とくちょう》はあるようだが、それだって人間とそう差があるわけでもない。魔族だからどうなのかと言われても、明確な答えは返せそうにないよ、と、彼は頭の後ろで指を組み、店の雰囲気《ふんいき》を無視して椅子《いす》を鳴らした。

あたしはすっかり冷えたレモンティーで喉《のど》を潤《うるお》してから、国際平和に関する重要な質問を口にした。

「魔族ってやっぱり世界征服《せいふく》が目標なの？　人間を悪の道に引き込んで、世界を裏から操《あやつ》ってるの？」

「まあ俺達だって、牛耳《ぎゅうじ》ろうと努力はしてますよ。一方では土地を転がし、また一方では金融《きんゆう》相場に介入《かいにゅう》しー」

なにそれ。

それじゃ単なる経済活動だ。

「ええー？　美女を誘惑《ゆうわく》して夫を裏切らせたり、子供を攫《さら》って生き血をすすったりしてるんじゃないんだ」

「よせよ、そりゃ魔族じゃなくて悪魔《あくま》だろ」

魔族と悪魔、と並べて言われて、典型的な悪魔像を思い出してみる。ええと、山羊《やぎ》の鬚《ひげ》、山羊の角、鬚じゃなくて角だけだったたっけ。それとも両方だったたっけ。

指はどうだったろう。顔も胴体《どうたい》も足も山羊なのに、指先だけ人間ということはなさそうだ。でも蹄《ひづめ》じゃ美女を誘惑できないし。

目の前の、美女（あたし）と歓談《かんだん》してる大学生は、誘惑しないと言ってるし。

「あーあ混乱してきちゃった。もうさっぱりわかんない」

「実は俺も、父親も祖父も大叔母《おおおば》も曾祖母もその父親もその兄も漠然《ばくぜん》としか判らないんだよな。俺達魔族は世界中に結構いっぱいいるけど、悪魔って種族に会ったことは一度もないのよ」

「うそ、じゃあ対立とか、抗争《こうそう》とか、仁義なき闘《たたか》いは？」

「とりあえず相手がいないとできなさそうだな」

「そうよね、ああいうのは組織対組織だもんね……あっ」

組織という言葉でぴんときて、あたしは勢い込んで尋《たず》ねた。

「じゃあウマちゃんたちの組織のトップって誰《だれ》？　ひょっとして魔王《まおう》は本当にいるの？」

その質問なら簡単という口振《くちぶ》りで、勝馬くんは得意げにこう言った。

「いるよ。何度か会ったことある。俳優の、えーと誰だっけ、『タクシー・ドライバー』やってた役者。ああそうそう、ロバート・デ・ニーロ、あれにそっくり。まさか本人じゃないだろうけどさ」

このときより少し後になるけど、デ・ニーロはミッキー・ロークと共演した映画で、人間っぽい魔王を演じていた。

それはともかく、またしてもあたしは彼の予想を大きく裏切ってしまったようだ。あっさりと事実を受け入れた上に、お気に入りの名前が出て大喜び。

「凄《すご》い！　一番偉《えら》い魔王がデ・ニーロなの？　じゃあアル・パチーノは？」

「あいつも怪《あや》しい」

「じゃあじゃあっ、ショーン・コネリーは？　トミー・リー・ジョーンズは？」

「あの辺は天使くさいなぁ」

「それじゃケビン・ベーコンはっ」

「なんかそこまでいくと自分の趣味《しゅみ》で訊いてないか」

信じられない話だろうけど、その当時のケビン・ベーコンといえば、現在でいうブラピのような位置にいたのだ。

「ちょっともうなんだか楽しくなってきちゃったよー。だってハリウッド俳優激似の魔王がいるのに、普通に日本人で垂れ目気味のウマちゃんも魔族なんでしょ」

「そういうこと」

「それで子供が魔族かどうかは、生まれてみるまで判らないんでしょ」

「そういうこと」

「でも、絶対に羽根がないとは言い切れない、という」

「……そこんとこ曖昧《あいまい》で申し訳ない」

結局、最初の疑問に戻《もど》ってきてしまい、あたしはソーサーの上で意味なくティーカップを回した。

元々そこが知りたかったのに。

こうなったらどうしても彼の子供の背中を見たい。いやいっそ生まれるところに立ち会いたい。それでふわふわ羽根かペタペタ翼《つばさ》かを確認《かくにん》させてもらい、記念として写真もお願いしたい。そのためには彼が家庭を持ち、少なくともジュニアが誕生するまで、理想的な友人関係を維《い》持《じ》しなくてはなるまい。もっと万全《ばんぜん》を期するためには、彼の奥さんとも友情を育《はぐく》んでおくことが必要だ。だって余程《よほど》親しい間柄《あいだがら》でなければ、分娩室《ぶんべんしつ》になんか入れてくれるはずがない。

「……勝ち馬くん」

「しょーまくんね」

「そうね、ウマちゃん。あのー、年上の女性と付き合う気ない？」

彼は人差し指で頰《ほお》を軽く搔《か》き、二秒くらい唸《うな》ってから曖昧に答えた。

「やぶさかではありませんね」

「それはどっち。好き、きらい？」

あたしの中にはそれこそ悪魔的な計画が浮《う》かんでいた。この際、当人達の気持ちは無視だ。だってどうしても羽根が見たいんだもん。

「もしかして、他《ほか》の女……ひょっとして自分のお姉さんと付き合わせようとしてる？」

「ああー魔族に心の中を読まれたかも」

「そんな特殊《とくしゅ》能力ないけどさ。明らかに企《たくら》んでますって顔してるし」

僅《わず》か十秒で作戦失敗。

白いテーブルに突《つ》っ伏《ぷ》して、解明し損ねた謎《なぞ》を思い描《えが》いた。キューピーちゃんみたいに小さいのがくっついてるだけかもしれないし、もしかしたら百万人に一人の確率で、優雅《ゆうが》な黒羽が生えているのかもしれない。

この先の研究を誰に託《たく》そうかしら、えーと、まだ見ぬ未来の探究者よ、先人が死ぬ前には答えを見つけて欲《ほ》しいな。

しばらくあたしの旋毛《つむじ》を見ていた勝ち馬くんが、面白《おもしろ》がるみたいな声で会話を再開する。

「あのさ」

「なーに」

「なんで俺はデートの最中に、違う女の子を紹介《しょうかい》されようとしてるわけ？」

「だって魔族の赤ちゃんに羽根があるかどうか、今すぐにでも見たいんだもの。うちのお姉ちゃんは二十九で、相手さえいればいつでもGO！　って毎日言ってるから」

「じゃあご自分で確かめたら？」

「そんな……駄目《だめ》よ、あたしは魔族じゃないもん」

「こりゃ奇遇《きぐう》だね、幸いなことに俺は魔族だよ」

「うん、でも年上は躊躇《ちゅうちょ》するんで……ちょっと待って、あたしウマちゃんと同い年よね」

「あー俺一浪《いちろう》してっから、一個上かな」

「そっ……ああっでもやっぱりダメっ！　シングルマザーで魔族と人間のハーフ育てるなんて無謀《むぼう》すぎるわっ」

もしかしたらもの凄く大食いかもしれない、またあるときは超音波《ちょうおんぱ》で泣き喚《わめ》くかもしれない。目を離《はな》した隙《すき》に勝手に庭に出て、トカゲや鼠《ねずみ》を捕《つか》まえて誉《ほ》めて誉めてーって擦《す》り寄るかもしれない。

ああ、一人じゃとても無理！

「じゃあ是非《ぜひ》とも結婚《けっこん》しよう」

「でもトカゲや蛙《かえる》を木の枝に刺《さ》して、それっきり忘れちゃうかもしれないのよっ⁉」

「それ違《ちが》う生物じゃねーかな。さすがに俺は木の枝には刺さなかったから。もしかしてモズ？　もしかしなくてもモズ？　念のためにもう一度言うけど、俺と結婚しようや」

はあ?

あたしの頭の中でカウントが始まった。数字が一個一個増えてゆき、最終的に5で止まる。

「だって勝ち馬くん、今日で会うのまだ五回目よ?」

「年齢《ねんれい》より先にそっちを数えたかー。じゃあまだ五回目だから、まず婚約《こんやく》しよ」

「……まっ、待ってちょっと」

渋谷勝馬はテーブルに肘《ひじ》をつき、僅かに腰《こし》を浮かせて身を乗り出している。右腕《みぎうで》はこちらに差しだされ、アームレスリングの挑戦者《ちょうせんしゃ》みたいな体勢だ。

スタローンというより阪神《はんしん》の真弓《まゆみ》似のプチ垂れ目で、何がそんなに嬉《うれ》しいのか満面の笑《え》み。

「ご、五回目で……」

あたしは勝負前の緊張《きんちょう》に震《ふる》える指全部で、魔族の手首を鷲掴《わしづか》みにした。

「五回目でプロポーズする、その心意気を買うわっ!」

レディー、ゴー!

「よーし、じゃ結婚しようぜジェニファー」

「……ごめん、ウマちゃん……本名教えるからね……」

戸籍《こせき》上も渋谷ジェニファーになっちゃうとこだった。

わりとスムーズにことは運び、あたしたちは半年後に結婚した。

アーカンソーの州立病院で長男が生まれたときにも、あたしはすっかり据《す》わった目で、第一声からこう訊《き》いた。

「……は……羽根は……っ?」

「……残念ながら」

心の底から悔《くや》しがりつつ、リベンジを誓《ちか》う妻に向かって、ダンナは申し訳なさそうに、垂れた目尻《めじり》を一層下げた。

日本から駆《か》けつけた渋谷家の祖父は、初めての曾孫《ひまご》の誕生にとても満足げだったが、息子《むすこ》が魔族の一員であるのかどうかは、ダンナにもあたしにも教えてくれなかった。

勝利《しようり》が一歳を過ぎた頃《ころ》、会社はようやく邦人《ほうじん》社員をボストンに呼《よ》び戻し、郊外《こうがい》の一軒家《いつけんや》で暮らせることになった。

でも、困ったことが一つ。

古き良き大都市はレッドソックスのお膝元《ひざもと》で、ダンナのベースボール熱を再燃させてしまったのだ。

暇《ひま》さえあれば長男をボールパークに連れて行き、グッズを買い試合を観《み》せサイン会に並んだ。父親似の野球狂《きよう》に育てようとして。

けれど、勝利が興味を示したのは、ポップコーンと球団マスコットの着ぐるみだけ。半ば洗脳気味の幼児教育だったのに、どうして野球好きでもスポーツ好きでも着ぐるみ好きでもなく、ありきたりな優等生に育ってしまったのか、あたしにも今もって理解できない。

あとで息子に聞いた話だけど、球団マスコットは可愛《かわい》いというより怖《こわ》かったらしい。可愛いかどうかの判断基準は、日米で大きな差があったみたい。

雪でも降りそうな曇《くも》った朝、出勤したダンナから自宅に電話がかかってきて、久々にボブと会うことになったと告げられた。

「ボブって誰《だれ》?」

『話しただろ? デ・ニーロ似の魔王《まおう》だよ』

「魔王なのになんでボブ⁉」

『知らない。いつもそう呼ばせてるんだ。オフィスに着いたらいきなりアポ入ってさ』

呼び名がボブで、自らアポイントメントをとってくるとは、なんともフランクで庶民《しょみん》的な魔王陛下だ。

「うそっ、じゃあいよいよ魔王陛下のお城にご招待なのね」

ダンナは電話の向こうで怪訝《けげん》そうな声を上げた。

『会うのは値段を聞くと味が分からなくなるような店だよ。王様ったって城で玉座にいるわけじゃないんだから。なんだかいつも世界中を飛び回っててさ。国際的な投資家ってのも考えもんだな』

それは世界征服《せいふく》のためにだろうか。

「食事するの？　じゃあもちろんあたしも行くのよね」

『いやランチだから、俺だけで』

「え、飲み会だろうがホームパーティーだろうが女房《にょうぼう》連れの、驚《おどろ》くほどパートナー同伴《どうはん》社会のアメリカにおいて、あなた独りで来いって言われたの？」

『うんまあ』

誰にも聞かれていないにもかかわらず、あたしは受話器を持ち直し、声のトーンをぐっと低くする。

「……それちょっと怪《あや》しくない？」

『なーにが』

「だって正式な夫婦どころか、すぐに別れるかもしれない恋人《こいびと》だってエスコートさせる国よ。なのに奥さんを同席させず、あなただけをお昼ご飯にご指名だなんて、その人なんだか怪しい気がする」

『怪しいかい』

「そうよっ！　もしかしてゲ、ゲ、ゲ」

『の鬼太郎《きたろう》？』

こんなときに何を駄洒落《だじゃれ》ているんですか。

「じゃなくてーっ。もしかしてゲイかもしれないわよ⁉　いやーどうしよう自分の夫がめくるめく世界にーっ。いい？　何かあったら絶対に教えてよ。何もなくてもこと細かに報告して」

『……心なしか嫁《よめ》さん、楽しそうだな』

「し、失礼ね、心配してあげてるのに」

結局、彼は独りで慌《あわ》ただしく店に赴《おもむ》き、久々に味覚の働かない昼食をとることになった。

あとで聞いた話だけど、魔王ボブはスクリーンで見る俳優よりも貫禄《かんろく》があり、黒いスーツに黒のサングラス姿だったらしい。

一度はお会いしてみたかったのに、その機会を向こうから拒否《きょひ》されたあたしは、夫が帰宅するのを待ち構えていて、執拗《しつよう》に途中《とちゅう》経過を聞き出した。

ダンナが挨拶《あいさつ》して席に着くと同時に、魔王ボブは無難な話題を切りだしたという。

「レッドソックスは調子がいいみたいじゃないか」

「まあまあですね」

実のところ魔王陛下は野球よりもアメフト派で、だからこれはほんの社交辞令なのだそうだ。

ずっと格下の相手に気を遣《つか》うということは、厄介《やっかい》な問題でも押しつけるつもりだろうか。

店側の用意した個室には、ダンナとボブ以外にもう一人見知らぬ客がいた。

「シブヤ、彼はウェラー卿《きょう》、私のところの客人だ」

相手が握手《あくしゅ》に応じようとしないので、ダンナは仕方なく右手を引っ込めた。ダークブラウンの長めの髪《かみ》と薄茶《うすちゃ》の瞳《ひとみ》には、愛想の欠片《かけら》も浮《う》かんでいなかったので。

見た目は勝馬くんよりずっと若く、十七、八といったところなのに、実際にはゆうに五倍は生きているらしい。

その話を聞かされて、あたしは地団駄《じだんだ》ふんで悔しがった。八十過ぎにしてハイスクール並に見えるなんて、この世にそんな羨《うらや》まし……恐《おそ》ろしい美容法があるのなら、そこのところを是非ともしっかり訊いてきて欲《ほ》しかったのに。

紹介《しょうかい》された青年は、まるで自分という存在を憎《にく》んでいるような、暗く深く虚無感《きょむかん》に満ちた目をしていた。

あとで聞いた話だけど、彼はこの世界に来る直前に、最愛の誰かを失ったのだとか。

なるほど、そういう目になるかも。

ウェラー卿が異世界から来た魔族だという話を聞いて、ダンナは新鮮《しんせん》な驚きを味わったらしい。

「実は俺、魔族なんだ、って告白された一般人《いっぱんじん》は、もしかしてこんな気持ちになってたんじゃねーのか、って」

と後になって何度も繰《く》り返し話すので、カミングアウト時にさして衝撃《しょうげき》を覚えなかったあたしは、こっちが悪かったような気にさせられた。

それはともかく。

異世界！　という衝撃の事実を告げられては、理由を聞かずにいられない。

「へえ、異世界からわざわざ何をしに？」

「後の魔王の魂《たましい》を護《まも》って、こちらに来たのだよ」

「……あなたの後継者《こうけいしゃ》ということですか」

「いや、地球の話ではない。いずれウェラー卿の主《あるじ》となる方だよ」

フィンガーボールの上でゆで卵の殻《から》を剝《む》きながら、ボブはゆっくりとそう語った。長い爪《つめ》が白身に刺《さ》さって剝きにくそうだ。水の中に落ちてゆく細かいカルシウム。

「その魂は、きみの子供になる予定だ」

「はあ？」

なんでフランス料理にゆで卵かなあと、そちらにばかり気を取られていたうちのダンナは、いきなり家族の問題を持ち出されて間の抜《ぬ》けた声を上げてしまった。勝利《むすこ》のことを指しているのかと、慌てて彼なりの弁護を試みる。

「いえ長男には、もうそれなりの魂が宿ってるんですが」

「そうではない、この先生まれる命のことだ。第二子はいつ頃《ごろ》の予定だね？」

「やーそれは嫁さんとも相談しないとー」

「なるべく早いほうがいい。第二子がこの世に『発生』するときには、あちらの世界の魔王の魂を宿すことになるだろう。もちろん知っていることとは思うが、あらゆる魂は輪廻《りんね》転生を繰り返し……」

「それは理解しているつもりです。じーさんにそれこそ繰り返し吹《ふ》き込まれてますからね」

勝馬は慌ててボブの言葉を遮《さえぎ》った。

手短に言うと、魂は常にリサイクルされていて、前世で誰かが使い切った光の球も、磨《みが》き直せば次の赤ん坊《ぼう》にまた使えるという説らしい。

それが本当なのかどうかは、生きてるうちは絶対に確かめられないし、また、どうやってブッキングするのかも、あたしみたいな未熟者には想像もつかない。

もちろん、魔族であるうちの夫にも。

「なに心配することはない。その時がくればちゃんとうまくいく」

他人事《ひとごと》だと思って。

「それでなんで自分の国じゃなく、遥々《はるばる》ボストンまで運んできたんです？　しかも世界中にごまんといる魔族の中から、よりによってどうして俺んとこを？」

「事情があるらしいな。だが、私はそれを聞かされていないし、追及《ついきゅう》するつもりもないのだよ」

俳優似のボブは意味ありげに目を細めた。

「いずれは王となる貴重な魂。それを国外、しかも社会も文化も異なる異世界へまで送り込もうというのだ。かなりの覚悟《かくご》が必要だし、逆によほどの理由があるのだろう。そういう中で、先方は我々を信頼《しんらい》して委《ゆだ》ねてくれたのだ。期待にお応《こた》えしようではないか」

「そりゃそうでしょうけど」

学校の教師くらいならともかく、よりによって裏世界の王様相手に盾突《たてつ》くなんて、あたしにはとても真似《まね》できない。けれどうちの勝馬くんはけっこう強心臓で、納得《なっとく》いかない点はとりあえず突っ込んでみる主義だ。

「一体どうして俺の家族ですか。世の中にはもっと裕福《ゆうふく》で優秀《ゆうしゅう》で美男美女なカップルが、それこそ掃《は》いて捨てるほどいるでしょうに」

「おや？　伴侶《はんりょ》も素晴《すば》らしい女性だと、きみの大叔母《おおおば》様から聞いているよ」

「それにしたって！」

ことの経緯《けいい》を知ったとき、あたしはボブの懐《ふところ》の深さに感謝した。生意気な若造が一族の最高権力者にくってかかれば、普通《ふつう》なら無礼《ぶれい》討ちで終わっているところだ。

魔王《まおう》アタックとか魔王クラッシュとか、むちむちプリン魔王責めとか。

「何の試験も面接もなく、どうして俺んとこが最適だと判《わか》るんです？」

「広い範囲《はんい》の識者から意見を聞き、ピックアップした何組かを比較《ひかく》検討した。最終的に、きみと、きみのファミリーが、適任だろうという結論に行き着いた」

「俺にも母親になる嫁さんにも、事前に何の通告もなく？」

「その点は申し訳なかった。時間的な余裕《よゆう》がそうなくてね」

「……どうにも納得いきませんね。それに、俺みたいなしがない庶民《しょみん》の家庭で、王子様をうまいことお育てできるのかどうか」

地球の当代魔王陛下は、押し黙《だま》ったままのウェラー卿をちらりと見てから、ペリエのグラスを傾《かたむ》けた。

「やれやれ、きみたちを選んだ私の目を、少しは信用してくれないと。では明かすが、彼等の求めているのは黒い髪と黒い瞳、情熱と根性《こんじょう》と正義感だ。それと平均的な思考能力。あといくつかのユニークな条件があったが、それら全《すべ》てを加味した上で、私は日本人であるシブヤに任せるのだ。日本以外の国の上流社会で育つ必要はない。くだらん選民意識など持たれたら、かえってこちらが恥《は》ずかしいよ。ごく普通の子供として育ててくれ。シブヤ家の息子あるいは娘《むすめ》として」

「平凡《へいぼん》な日本人として？」

「そうだ」

本気かよ、とダンナは地球の魔王の瞳を覗《のぞ》き込んだが、冗談《じょうだん》を言っている様子ではなかった。

その後、ボブは席を外し、勝馬くんはとことん無愛想な異世界からの客人とやらと二人きりにされてしまった。

ウェラー卿コンラートという人は、あっちの世界の美的観念がどうなのかは知らないけれど、地球上なら、恐らくどの土地に放《ほう》り込んでも、かなりの男前な部類にはいるらしい。うちのダンナの審美眼《しんびがん》が確かだとすれば、映画に出せば今すぐ女性客を増やせそうだし、そこら辺をぶらぶら歩くだけでも、何人もの女の子が色目を遣《つか》ってくるに違《ちが》いないという。

ただし、笑えばの話だ。

やりきれなさと自己嫌悪《けんお》カラーのオーラを発していたら、子犬の一匹《ぴき》も寄りつくまい。

例によって味の判らない値段のデザートをつつきながら、勝馬は初対面の相手に訊《き》く。

「腹でも下してんの?」

一瞬《いっしゅん》、視線を合わせはするものの、色好《いろよ》い答えは返ってこない。

よく見ると彼の瞳には細かい銀が、星粒《ほしつぶ》みたいに散っていた。

「どうしてそんな、不機嫌《ふきげん》そうな顔してるんだ? 世の中には面白《おもしろ》いことがいくらでもあるのに」

「そちらには関係のないことだ」

地域特定不能の訛《なま》りがあるにせよ、喋《しゃべ》らせてみれば英語も声もなかなかのものだった。この外見でこの顔でこの声なら、女の子は絶対に放っておかない。

でも、ダンナはそんなことお構いなし。

「関係なくはないさ。ボールパークには行ったか? もしまだなら、この機会に案内しようか」

「……自分は我々の王となる魂が、ご子息として生まれるのを確認《かくにん》しなければならない。従ってそれまではこちらの世界に滞在《たいざい》することになる。だがその間、貴方《あなた》と奥方に要《い》らぬ接触《せっしょく》をす

るつもりはない。どうか干渉《かんしょう》しないでほしい」

「どうもつまんない奴《やつ》だな」

関係ないはずがない。

自分の、もちろんあたしの息子《むすこ》あるいは娘が使う魂《たましい》を、彼が異世界から持ち込んだということはだ。この先息子か娘がそっちの世界に出張し、将来的に魔王になるとして、その場合の後見人も彼がつとめるわけでしょう？　まあ、まがりなりにも王様だから、もっと偉《えら》い後見人がつくとして、それにしてもボディーガードの一人くらいには、ウェラー卿《きょう》だって入るだろう。

どうでもいいけど生まれる前から、うちの子エライ出世よね。

場所柄《ばしょがら》を弁《わきま》えず頭を掻《か》いて、夫にしては珍《めずら》しく眉《まゆ》を寄せた。

「あのな、うちの子が初めてあんたを見るときに、そんなつまんない顔してられたら困るんだよ。そんな投げやりで誠意のなさそうな顔してる男に、大事な子供を預けようって気になるか？　そんなんじゃ嫁《よめ》さんだって説得できやしない」

「投げやりなどと……」

「いいか!?」

勝馬はボブの残していった皿を押しやり、テーブルに五十センチくらい身を乗り出した。白いクロスの所々に、ソースのはねた点がある。本物のロバート・デ・ニーロより、ボブは少々不器用だ。

「いいか、約束しろ。俺の女房《にょうぼう》や子供と会うときに、今みたいなつまんない顔は絶対するなよ！　一度でもそんな素振《そぶ》りを見せたりしたら、どんなに頼《たの》まれてもうちの子はそっちの世界に行かせない。もっと大物の現魔王とか大魔王とかが地面に額こすりつけても、絶対に我《わ》が子を預けたりはしないからな！」

見た目が青年だとはいえ、お祖父《じい》さん並に齢《よわい》を重ねているわけだから、肝《きも》も度胸も据《す》わっている。うちのみたいな三十そこそこの若手の言葉に、気圧《けお》されたりはしないだろうが。それでも何か感じるところはあったのか、ウェラー卿は短く了解《りょうかい》した。

「わかった」

「……よーし。じゃああんたが笑い方を思い出すように、ボストンの楽しいことを満喫《まんきつ》するか。手始めに野球観戦だな」

「いや、そんなことをさせる気は……」

「ああ、ここのチェックはどうせボブ持ちだからいいんだ。なあ、コンラッド」

よそ者が弾《はじ》かれたように腰《こし》を浮《う》かせる。

「英語どこで覚えたんだい？」

あたしは帰宅したダンナを問い詰《つ》めて、ウェラー卿がどんなふうに格好いいか知ろうとしたのだけれど、勝馬くんはその日の場外ホームランに大興奮で、連れの容姿なんかどうでもよくなっていた。

彼への評価は単純で、笑えばかっこいいのにね、の一言だけ。

それからしばらくしてあたしは第二子を宿し、ボストンの街角で必死に親指を立てていた。予定日まで間があったにもかかわらず、よりによって出先で陣痛《じんつう》が始まってしまい、どうにかしてタクシーを拾おうと奮闘《ふんとう》していたのだ。

ダンナは運悪くオフィスを離《はな》れていて、秘書の名前にアのつく女性でも連絡《れんらく》がつかない。大丈夫《だいじょうぶ》よ頑張《がんば》ってなんて電話口で激励《げきれい》されたところで、何の役にも立ちゃしない。公衆電話から救急車を呼ぼうとしたが、私立病院へは搬送《はんそう》しないと断られた。気心知れてる主治医の元に運んでくれというのが、そんなに我が儘《まま》な希望だろうか。

タクシーは一向に止まってくれず、あたしはマサチューセッツ中の黄色い車を呪《のろ》った。真夏とはいえ日本ほど暑くないのに、全身をいやな汗《あせ》が濡《ぬ》らしてゆく。

今になって考えてみれば、脂汗《あぶらあせ》をかいた鬼《おに》の形相の東洋人が、狂《くる》ったように右腕《みぎうで》を振《ふ》り回していたのだ。大抵《たいてい》の人が見なかったことにしておくだろう。ドライバーだって乗車拒否《きょひ》したくなる。

知人に送ってもらおうとも考えたが、長男を預かってくれている隣《となり》のマグリットさんは、超《ちょう》高齢《こうれい》で運転が怪《あや》しい。コミュニティーの友人達は出勤しているし、ボランティアで知り合った気のいい連中は皆《みな》ホームレスだ。

　涙《なみだ》がでるくらい頼《たよ》りになる友人関係だこと。

　もうこうなったらどんな車でもかまわない、ヒッチハイクどころかカージャックでも何でもしてやるわと、バッグの中の催涙《さいるい》スプレーを握《にぎ》り締《し》めた時だった。

　非情なはずだった黄色い車体がすーっと寄ってきて、あたしの横で停止した。降りてきた長身の青年が、大股《おおまた》で回り込んで親切にドアを開けてくれる。

「どうぞ、相乗りでよかったら」

「ああ助かった、相乗りでも立ち乗りでも結構よ。もう今にも生まれちゃいそうなの」

「生まれ……それは大変だ」

　反対側から隣に乗った若者は、白系のポロシャツにジーンズで、どう見ても学生という服装だった。脇《わき》には細長いケースを立てかけていて、スポーツマンらしい均整のとれた身体《からだ》をしていた。

　フェンシングをやってるの？　と訊きかけて、またまた陣痛が強くなり、思わず悪態をついて腰を曲げる。

「勇ましいですね」

「やだ、あたし今、なにか冒瀆《ぼうとく》的な言葉を遣った？」

「いいえ。バイキングのあげる鬨《とき》の声みたいな、とても格好いいものでしたよ。でも、急いだほうがいいみたいだ。間隔《かんかく》が短くなる前にね」

「運転手さんクレ明太子《めんたいこ》記念病院ねっ」

同乗者がクレメンス記念病院、と告げ直してくれて、タクシーはやっと走り出した。

「もうここで片つけて……じゃなかった産んじゃいたいくらいよっ」

「安心してください。いざとなったら手伝えるから。弟の出産に立ち会ったので」

「弟さんは産んだの？　生まれたの？　ああいいえ聞き流して。それよりありがとう、ほんとにあそこで挑《いど》むところだったわ。ああもうっ、真夏に出産なんてするもんじゃないわねッ！　暑いし汗かくし冷たいもの食べられないし、メイクも殆《ほとん》ど流れて落ちちゃって、あたしったらボロボロで不細工だしっ！」

「それは気が付かなかったな。ちゃんと美人のままですよ。思わず車を止めちゃうくらい」

そう言ってにっこりされてしまうと、あまりにも爽《さわ》やかで困ってしまう。ダークブラウンの前髪《まえがみ》は少し長めで、毛先が瞼《まぶた》にかかりそうだ。その下で微笑《ほほえ》む薄茶《うすちゃ》の瞳《ひとみ》には、細かい銀が散っている。

せっかく爽やかで男前なのに、右眉に日の浅い傷があった。剣《けん》の痕《あと》だろう。練習熱心なのは立派なことだけど、防具はきちんと装備しないとね。

彼は惚《ほ》れ惚《ぼ》れするような笑顔《えがお》を向けて、あたしの手をハンカチごとそっと握った。

「夏を乗り切って強い子供に育つから、七月生まれは祝福される。きっと世界を……いえ、きっと素晴《すば》らしい人物になると思います」

「……ありがとう、あなた地球上で一番いい人ね。あなたみたいな兄弟がいたら、この子もきっと心強いことでしょうけど。でもうちのお兄ちゃんたらまだチビちゃんだから、やんちゃ坊《ぼう》主《ず》二人になっちゃうの決定なのよー……そうだ、ねえあなた、お名前は……」

「名前?」

彼は一瞬《いっしゅん》だけ遠くを想《おも》う切ない目をしたが、すぐにあたしに視線を戻《もど》した。

「俺の育った故郷では、七月はユーリというんです」

それはまた、どこかの少女漫画《まんが》にでも使われていそうな響《ひび》きだ。

渋谷ゆーり。

ちょっといい感じ?


あとで聞いた話だけど、あたしがストレッチャーに乗せられて、即行《そっこう》で院内に運ばれている間に、彼はタクシー代も請求《せいきゅう》せず、車ごと何処《どこ》かへ消えてしまったらしい。

大慌《おおあわ》てで病院に駆《か》けつけたダンナは、廊下《ろうか》も全速力で突《つ》っ走ったために、すれ違《ちが》う看護師全員に文句を言われたとか。

あからさまにリベンジを誓《ちか》っていたので、今回もあたしの第一声は決まっていた。

「……は……羽根は……っ？」

「ま、またじでも、残念ながら」

「うーん、がっかりぃー」

夫は、まだ赤い次男を見せてくれながら、羽根なんかどうでもいいじゃないかと慰《なぐさ》めてくれた。

あたしに負けず劣《おと》らずぜーぜーいっている。

「張本人である、俺だって、羽根のある、魔族《まぞく》になんぞ、お目にかかった、ことが、ないってのに、さ。普通《ふつう》、こういう場合、親ってさ、元気なら他《ほか》のことはどうでもいいって思うものなんじゃねーの？」

「だって」

ナースの腕《うで》に抱《だ》き取られ、次男は足首にピンクのベルトを巻かれている。

「この子の名前はゆーりちゃんなのよ。少女漫画にでも使われそうなキラキラーって感じでしょ？　だから漫画の天使のキャラクターみたいに、きっとゴージャスな羽根が似合うだろうと思ったのよー……まあ天使じゃなくて、魔族かもだけど」

「なに!? なんでいきなりっ、どうして早くも命名されちゃってんだ？」

確かに、長男が勝利という縁起《えんぎ》のいい名前だから、下の子もそんなイメージにしようと話し合ってはいた。けれど具体的な命名リストの中には、ゆーりなんて候補はなかったので、勝馬くんは心底驚《おどろ》いた様子だった。

「タクシー相乗りさせてくれた学生さんが、七月はユーリっていうんだって教えてくれたのよ」

「……ドイツ人か？　なあ、そいつって厭世観《えんせいかん》ただよわせた男？」

「んーん、めちゃめちゃ男前で、それでもってさーっと涼《すず》しい風《ふ》が吹くくらい爽やかなフェンシング選手」

取り急ぎ持ってきたらしいビデオカメラを掌《てのひら》で所在なげに擦《さす》りながら、父親はぶつぶつ言っている。

「……あれだけ言っててあいつ、誕生の瞬間《しゅんかん》にいなくてもいいのかよ……」

相談なく息子《むすこ》の名前を決められたことよりも、他《ほか》にもっと気掛《きが》かりな件があるようだ。

「ねえねえウマちゃんっ、タクシーの中でフェンシング選手がゆーりって言ったときに、頭の中にキラキラーって星が散ったのよ。きっとゆーりって教えてくれるために、彼はあそこに現れたんだと思うの」

「なに？　ちょ、ちょっと待て嫁《よめ》さん、それは違《ちが》うんじゃあ……それは思い込みなんじゃねーかなーぁ」

狼狽《ろうばい》するユーリパパを前にして、あたしは独りでどこかの国のしきたりを思い出していた。

知ってる？　名付け親っていったらゴッドファーザーよ。名付け子には記念日ごとに贈《おく》り物をして、もしも実の親の力が及《およ》ばなくなったら、責任をもって育てあげなきゃならないのよ。彼は風のように消えてしまったから、こんなこと考えもしないだろうけど。


相変わらず両脚《りょうあし》にシアンフロッコをまつわりつかせたまま、息子がのろのろとバスルームから出てきた。

あたしは精一杯《せいいっぱい》のしかめっ面《つら》をつくって、リビングのソファーを指差した。

「ゆーちゃん、ちょっとここに座って」

「……なんだよ」

「ママは悲しいです」

どちらかというと母親似なのか、次男の目尻《めじり》はそう垂れていない。その丸っこい両眼《りょうめ》を一層大きくして、有利は気圧《けお》されるように腰《こし》を下ろした。

隣《となり》ではジンターが撫でて撫でてとお腹《なか》を天に向けている。

「な、なんでデスマス調なんデスか」

「学生服をびっしょり濡《ぬ》らして帰ってきて、理由も教えてくれないなんて」

「だからあれは、排水溝《はいすいこう》に……」

「ご近所に高校生がすっぽり填《はま》れるような溝《みぞ》はありません」

「……あっ、え、えーと実は田んぼにィ」

「一昨年からこの辺は休耕田です」

「あー……」

「いーい？　ゆーちゃん」

幸せそうなジンターを退《しりぞ》けて、あたしは息子の隣に座った。最も効果的なポジションどりは、長年の親子関係から習得している。

この位置関係で母親に迫《せま》られると、うちの子は八割方ギブアップだ。

「学生服をクリーニングにださなきゃならないこととか、お金がもったいないとか、そういうことを言ってるんじゃないの。ママはね、学校で何があったのかを、教えてもらえないことが悲しいのよ」

「が……学校では何もアッテません」

「中学までは色々話してくれたじゃないの。セカンドラブは文芸部の女の子で、アニメのキャラクターに負けたとか、修学旅行で一人だけ女子風呂《ぶろ》を覗《のぞ》きに行かなかったから、翌日にはオカマのレッテルを貼《は》られたこととか」

隣からは声にならない悲鳴が聞こえる。

「いーい？　ゆーちゃん。いじめは圧倒的《あっとう》にするほうが悪いのであって、被害者《ひがいしゃ》にはまったく罪はないのよ」

「だから……」

深く息を吸い込んでから、有利は覚悟《かくご》を決めたのか、少々上擦《うわず》った声で一気に白状した。大急ぎで言ってしまおうとしているせいか、時々、声が裏返るところがまた可愛《かわい》い。

「申し上げますッ！　今日、チャリで学校から帰る途中《とちゅう》、中二中三とクラスが一緒《いっしょ》だった眼鏡《めがね》くんこと村田健《むらたけん》がこれまた同じ中学の無国籍風《むこくせき》チェックズボン二人組に脅《おど》されてたのを見過ごすことができず助《すけ》っ人《と》、しかしおれだけが返り討《う》ちに遭《あ》い公園の洋式便器に押し込まれたところ自分でも信じられないのデスが新潟《にいがた》ロシア村風な国に流されて、そこで殺されかかり求婚《きゅうこん》しちゃって決闘《けっとう》させられましたしても殺されかかり……気が付いたら公衆便所で倒《たお》れてて……警察来てました……」

「まーあ」

「いや、おれ自身は警察沙汰《ざた》にはなってないんだけど。そのーどっちかっつーと被害者だから」

「……ゆーちゃん」

床《ゆか》に放り出されていた上着を拾い、あたしは細く長い溜《た》め息をついて、最高潮に嘆《なげ》かわしいという顔をした。

「どうせなら、もっと頭のいい嘘《うそ》をついてくれないと」

その瞬間の、がーん！　って表情を、あたしは一生忘れないだろう。何か辛《つら》いことがあるたびに、息子のこの顔を思い出して忍《しの》び笑っちゃうだろう。

だってどうせ男の子なんて少しばかり声が低くなったら、母親を鬱陶《うっとう》しがってショッピングにも付き合ってくれないのだ。ピンクや花柄《はながら》の服だって着てくれないし、一緒にアフタヌーンティーを楽しんでもくれない。

男の子ってほんとにつまらないんだもの。

だったらこれくらいの罪のない行為《こうい》で、息子で楽しんだって罰《ばち》は当たらないでしょ。こんなに可愛いんだから、そのうちきっと彼女ができて、ママとは口もきいてくれなくなっちゃうんだから。

でもねえ、こんなんでほんとに特殊《とくしゅ》な職業に就《つ》けるのかしら。

息子はマのつく自由業なのに。

あとで発見した証拠《しょうこ》物件だけど。
シャツや靴下《くつした》、くしゃくしゃのハンカチなんかと一緒に、洗濯機《せんたくき》に黒い紐《ひも》パンが入っていました……。

ゆーちゃん、ママは悲しいです。

眞魔国で㋮た
逢いましょう

「おれ、あんたとどっかで会ってるかな」

少し考えてから、コンラッドは首を横に振《ふ》った。

混み合う週末の市民病院で、ふと気付くと、渋谷《しぶや》夫人の膝《ひざ》は貧乏揺《びんぼうゆ》すりを続けていた。

主治医の長期休暇《きゅうか》中に熱をだした次男坊《じなんぼう》を連れて、やむなく飛び込んだクレメンス記念病院は大混雑。診察《しんさつ》まで二時間待たされて、今また処方箋《しょほうせん》が出るのを一時間も待っている。

暖房《だんぼう》が効きすぎて暑いくらいの待合室で、皮肉なことに次男はどんどん回復してしまった。今では両目もぱっちりと冴《さ》えて、乳母車《うばぐるま》の中でじたばたとご機嫌《きげん》だ。

ああもうこんなに元気なら、しょーちゃんを預けてまで病院に駆《か》け込むんじゃなかった。何しろお隣《となり》のマルグリットさんはかなりの高齢《こうれい》だ。やんちゃ盛《ざか》りの長男のお守《も》りをするどころか、逆に遊ばれてしまう可能性が高い。ご近所さんに氷の五歳児と恐《おそ》れられる渋谷勝利《しょうり》は、冷めた目線でお年寄りを転がすのが大得意なのだ。頭のいい上の息子《むすこ》に翻弄《ほんろう》される老婦人を想像すると、いても立ってもいられない。

貧乏揺すりって英語で何と言うのだろう、ゆすゆす。プアークオーク？　そもそもアメリカ人の皆《みな》さんも、落ち着かないときに揺するのかしら、ゆすゆす。

十二月を迎《むか》えたボストンは雪が積もり、街中はどこもかしこもクリスマスモードだ。コートにマフラーで重装備の人々が、色とりどりのプレゼントを抱《かか》えて行き交《か》っている。乳母車を押してこの病院に着くまでに、六人のサンタクロースとすれ違《ちが》った。待合室のベンチもイベント仕様で、背凭《せもた》れは金と緑のモールで飾《かざ》られている。

まだクリスマスまで二週間もあるというのに、今からこんなに盛り上がってどうするのだろう。いくら神様のお生まれになった日だとはいえ、お祭り気分になるのが早過ぎる。例えば仏教国の日本なんか、お釈迦《しゃか》様の誕生日でも浮《う》かれている人を見たことがない。

そこまで考えて渋谷夫人ははっとした。まさかこのクリスマスシーズンの居心地《いごこち》の悪さは、旦那《だんな》と息子の素性《すじょう》が原因なのかしら⁉

羽根も角も顎鬚《あごひげ》もないが、彼女の夫はカミングアウト魔族《まぞく》だ。信仰心《しんこうしん》の薄《うす》い素人《しろうと》が考えても、魔族と神様が仲良しだとはとても思えない。おまけに現在生後四ヵ月の次男坊《じなんぼう》は、異世界の次期魔王《まおう》にノミネートという形で将来を約束されている。

「……まさか……まさか未来の魔王だから、クリスマス前に酷《ひど》い目に遭ってるの？　もう三時間も待たされてるのは、神様のちょっとした嫌《いや》がらせなの？」

そんなはずはない。魔族と悪魔は違《ちが》う種族だと、夫からは常々聞かされている。実際、現魔王であるボブからは家族と息子宛《あて》に、毎年クリスマスカードとプレゼントが送られてくる。ただしこれまた嫌がらせのようにアメフトグッズばかりなので、熱狂的《ねっきょう》野球ファンの渋谷夫は地域のバザーに出してしまうのだが。

ピンクと水色のベビーカーの中で、次男坊の有利《ゆーり》が歓声《かんせい》をあげた。脳天から血を流したサンタクロースが、ストレッチャーで運ばれてきたのだ。

「きゃー見ちゃ駄目《だめ》、見ちゃだめよ、ゆーちゃん！　こ、ここは赤ん坊向けの環境《かんきょう》じゃないわねっ」

師走《しわす》の市民病院は実に賑《にぎ》やかで、負傷サンタの比率も非常に高い。最近では安全な職業など何もない。サンタクロースも危険な商売だ。消火器の脇《わき》にはとんがり帽子《ぼうし》のホームレスがいるし、トイレの前では女物のストッキングを握《にぎ》り締《し》めた若い男が、低い声で何事か呟《つぶや》いている。

「ちょっと、こう、異国情緒《じょうちょ》にあふれすぎ……」

ショッキングな光景を見せないために、一生懸命《いっしょうけんめい》次男坊の気を引き続ける。まだ言葉も理解できない乳児に向かって、稲川淳二《いながわじゅんじ》の物真似《ものまね》で怪談話《かいだんばなし》を聞かせてみたが、持ちネタもいい加減尽《つ》きてしまった。

「シップーヤサーン、シップーヤミコサーン」

「はーい。でもフルネームで呼ばれると、週刊誌の裏表紙みたいな気分になっちゃうのよね」

やっと受付に名前を呼ばれ、渋谷夫人は乳母車を押してカウンターに向かった。ようやく処方箋を書いてくれたのだろうか。一時間前に息子を診《み》た若い医師が、カルテを片手に立っている。いやににこやかだ。綿毛に似た少ない金髪《きんぱつ》が、エアコンの温風でさやさやと揺れていた。心和《なご》む風景だ。

年齢《ねんれい》や診察態度から推測するに、彼は精々レジデントどまりだろう。もう一軒《いっけん》行っちゃおうかなー。渋谷夫人は飲み会帰りのサラリーマンみたいなことを考えた。診断《しんだん》を疑うわけではないけれど、学生に毛が生えた程度の青年医師ではちょっと心配だ。

隣では若くて背の高い、ブルネットの女性が微笑《ほほえ》んでいる。細かい巻き毛を右肩《みぎかた》で一つにまとめ、紫色《むらさきいろ》のシャツの上に垂らしていた。胸がでかい、いやそれはどうでもいいとして、濃《こ》い睫毛《まつげ》と凜々《りり》しい眉《まゆ》をした仕事のできそうな美人だ。だが患者《かんじゃ》の母親である自分へと向けられる視線に、どことなく敵意を感じるような気が……。

女性が微笑みながら話しかけてきた。

「オー、なんて可愛《かわい》いらしい子なのかしら！　今、四ヵ月なんですって？　あら私を見て笑ってるワ」

「え？　ええそうなの。信じられないほど人見知りのない子で」

まったく、うちの坊《ぼっ》ちゃんは誰《だれ》にでも愛想が良すぎる。母の複雑な心境も知らずに、有利は初対面の女の人に向かって、両手両足を全力で差しだしていた。

「可愛ーいー！　ねえ、ちょっとだけ抱《だ》いてもいいかしら？」

「ああ、ええどうぞ。息子も大喜びよ」

二十代前半の巨乳《きよにゆう》美女の胸に抱かれ、ピンクのカバーオールの有利はご満悦《まんえつ》だ。小さな右手は女性の乳をしっかりと摑《つか》んでいる。

いいわよいいわよ今のうちに堪能《たんのう》しておきなさい。どうせあと十年もすれば、誰も触《さわ》らせてくれなくなっちゃうんだから。渋谷母は鷹揚《おうよう》に頷《うなず》いて、息子の暴挙を見逃《みのが》してやった。

「お待たせしましたねシブヤミコサン。おやー？　シブーヤサンはとっても字がお綺麗《きれい》ですね」

「どうもありがとう、バインダー式の教材がお薦《すす》めよ。それでドクター、うちの子はどうなのかしら」

「息子さんは大丈夫《だいじょうぶ》、軽い風邪《かぜ》でした。もう熱も下がってるし、あとは温かくして休ませれば問題ないでしょう。ああそれから……」

ぽやぽや金髪の小児科医《しょうにかい》が、隣の若い女性をカルテで指した、口調が急に早くなる。

「それからこちらはソーシャルワーカーのモネ・モンデミールです。診断の結果、あなたのお子さんには虐待《ぎゃくたい》の疑いがあったので、児童監察局《かんさつきょく》から来てもらいました」

「は？」

「虐待です」

「はあ!?」

寝耳《ねみみ》に水どころか耳の穴に大放水みたいな話で、渋谷夫人は呆気《あっけ》にとられてしまった。脇を見ると紫のシャツのミス・モンデミールが、渋谷家の次男をしっかりと抱いて歩きだしている。

「ちょっと何よ、ゆーちゃんを、うちの息子をどこに連れてくのッ!?　あっ、この間も言ったけど、割礼《かつれい》は絶対させないわよ!?　日本男児には日本男児なりの伝統文化とか、様式美ってものがあるんですからね……っ」

「駄目です、シブヤサン」

金髪産毛《うぶげ》医師に右腕《みぎうで》を摑まれる。

「息子《むすこ》さんを虐待から守るためです。調査の結果が出るまでの間、安全な場所に保護します」

「待って、虐待って誰が誰を⁉　あたしにも夫にもとんと心当たりが……」

もしかしてあれだろうか。まだ目が開くか開かないかのうちに、ベビーベッドの周りを野球グッズで囲んだのが悪かったか？　これ則《すなわ》ち、スポーツ選択《せんたく》の自由の侵害《しんがい》。しかも地元のレッドソックスの物ではなく、日本のパ・リーグで統一したのが益々《ますます》まずかったのか？　これもまた特定球団偏愛《へんあい》の強要だろうか。

それともゆーちゃんがちょっと可愛かったからって、旦那の目を盗《ぬす》んで女の子の服を揃《そろ》えたのが悪かったのだろうか？　もしかしたらアメリカではそんな些細《ささい》な楽しみも、自我確立を妨《さまた》げると責められてしまうのかもしれない。いや、白状すると揃えただけではなく、実際に着せて楽しんだりもした。まだ短くて柔《やわ》らかい髪《かみ》の毛を、フリルのついたリボンで飾《かざ》ってみたりもした。

大罪だ！

「でもでも、ゆーちゃんだって喜んでたのよー⁉　お姫《ひめ》様ドレスで、まんざらでもなかったのよー⁉」

「いいえシブヤサン、ドレスのことではありません。息子さんの身体《からだ》にある大きな痣《あざ》が問題なんです」

「痣ですって？」

痣……痣……まったくと言っていいほど心当たりがない。自分も夫もゆーちゃんを叩《たた》いたことは一度もないし、誤って落としたこともない。投げたこともキャッチしたことも、バットでヒットしたこともない。

「いいですか、今日はこのまま家に戻《もど》って、裁判所の許可が下りるまで勝手な外出は慎《つつし》んでください」

「安全な場所に保護って……あっちょっと待ちなさいよモンデミールさんっ、勝手にうちの子連れてかないでちょうだい！　虐待なんて絶対にしてません、してませんったらしてません！」

「落ち着いてシブヤサン」

「放してよこの産毛頭っ、でないとウルトラジェニファースペシャルを三連発でお見舞《みま》いするわよ!?」

必殺技《わざ》の名前をだされ、小児科医は顔色を変えた。語感から凄《すご》さが伝わったのだろう。

「誰か警備員を呼んで。シブヤサンを止めてくれ！」

待合室にいた患者全員が、またかという目でこちらを見た。こんな光景には慣れている様子だ。

「だからっ、待ちなさいよモンデミールさん！　虐待があったかどうかなんて、揉《も》んでみただけで判《わか》るもんじゃないでしょう？　ていうか待てこらー！　横浜《ハマ》のフェンシングクィーン、渋谷ジェニファーの頼《たの》みが聞けないってか⁉　ああいけない、ついつい体育会系モードがスイッチオンに……」

こちらがモミアッテール隙《すき》に、乳に頬《ほお》寄せてご満悦の有利を抱いたままで、ミス・モンデミールは病院の裏口に向かっていた。この可哀想《かわいそう》な赤ん坊を、一刻も早く鬼母《おにはは》から引き離《はな》さなくてはならない。彼女は彼女で仕事への情熱に燃えていたのだ。ピンクのカバーオールに包まれた温かい身体が、嬉声と共に元気に動いた。

「あー」

黒くつぶらな瞳《ひとみ》がモンデミールの顔をじっと見詰《みつ》め、すぐに満面の笑《え》みになる。実に可愛らしい。元来子供好きの彼女はもうたまらなくなり、東洋人の赤ん坊をぎゅっと抱き締めた。

「オー、何てかワうぃのかしらー！　ゆーりたん、ぼーやのお名前はゆーりたんって言うんですよねー？」

自分の立場を知りもせずに、渋谷有利はお返事代わりに両手をニギニギしてみせる。これまた非常に可愛らしい。

「信じられない。こんな天使みたいな子を、お尻《しり》にあんな痣ができるまで虐待するなんて！　あの母親は絶対に悪魔だワ。悪魔どころか大魔王サタンに違《ちが》いありませーん！」

もちろんモンデミールは渋谷家の秘密を知らない。母親はごく普通《ふつう》の人間で、息子こそが将来の魔王候補であることも、アジア系の赤ん坊には、生まれつき蒙古《もうこ》斑《はん》なる痣があることも知らなかった。

一方、彼女が後にしてきた正面入り口のカウンターでは、息子を攫《さら》われた母親が怒《いか》り狂《くる》っていた。

呼ばれた警備員は三人とも武装していたが、日本人には銃《じゅう》の恐《おそ》ろしさがいまいちピンとこない。しかも場所は混雑した待合室で、相手は丸腰《まるごし》の興奮した女性だ。駆《か》けつけた警備側としても、威嚇《いかく》とはいえ発砲《はっぽう》するわけにはいかない。

勝負は肉弾戦《にくだんせん》になりつつあった。

「落ち着いて奥さん、疚《やま》しいところがないのなら、二、三日辛抱《しんぼう》すればいいだけの話だ」

「放しなさいよ、この三段腹！」

「疑いが晴れればすぐにでも子供は還《かえ》ってくるから」

「お黙《だま》り、超《ちょう》不自然分け目男！」

「だから奥さん、裁判所が……ガフッ」

「どけって言ってんのよ、若いのに総入れ歯ッ！」

一人一人の呼び分けが非常に的確だ。

渋谷夫人は手近にあった鉄の棒を掴み、敵を打ち据《す》えようと身構えた。点滴《てんてき》中だった老人が背後で倒《たお》れる。

髪の分け目が不自然な警備員が叫《さけ》んだ。

「気をつけろ！　この女はケンドーの黒帯だぞ⁉」

「残念でしたー、剣道《けんどう》に黒帯はあーりーまーせーんー。さあトリプルジェニファーアタックを喰《く》らいたくなければ、さっさとそこを退《ど》きなさい。あんたたちなんかにゆーちゃんは渡《わた》さないわよ！」

怯《おび》える警備員達を打ち据えると、渋谷夫人はモンデミールの後を追った。通用口の方向へ行ったのは確かなのだが、トイレの前まで来てもソーシャルワーカーの姿は見えない。スキンヘッドのくせに無精髭《ぶしょうひげ》の若者が、しゃがみ込んでぶつぶつ呟《つぶや》いているばかりだ。

「くそっ、逃《に》げ足の早い女め」

悪役率八〇％な言葉を吐《は》いて、彼女は周囲を見回した。

「ゆーちゃんたら……どこに行っちゃったの……？」

駐車場《ちゆうしやじよう》に抜《ぬ》けるガラス扉《とびら》の向こうにも、赤ん坊を抱《だ》いた女の姿はない。

渋谷夫人は両手を握《にぎ》り締《し》め、この声、息子に届けとばかりに叫んだ。

「ゆーちゃんどこ行っちゃったの……ゆーちゃんどこ行っちゃったのっ……ゆーきゃんどぅーいーっッ！」

「そうだ。ユーキャンドゥーイットだ《やればできる》」

虚《うつ》ろな目で呟いていた若者が、何故《なぜ》か力強く頷《うなず》いた。


店の北側のテーブルを頼み、青年は窓際《まどぎわ》の席に座った。

見えるのは辛気《しんき》くさい病院の駐車場と、人の少ないコンビニだけだ。

半開きの目をした不機嫌《ふきげん》そうなウェイトレスが、水も持たずに注文を聞きに来た。ミントの香《かお》りのガムを噛《か》んでいる。頼むとすぐにコーヒーを運んできて、また返事もなく去って行った。

俺もあんなに無愛想だったかな。

自分のウェイター姿を想像して、ウェラー卿《きょう》コンラートは苦笑《くしょう》した。赤いチェックのテーブルクロスが、国境近くの店のエプロンを思い出させたらしい。

だが、ここは真冬のボストンだ。乾《かわ》いて暖かかったエルサワイヨとはまったく違う。アスファルトは砂の代わりに雪に覆《おお》われ、人々はコートの襟《えり》を立てて歩いている。

ウィークデイの午後という時間帯のせいか、店内は比較的穏《ひかくてきおだ》やかだった。無言でランチを口に運ぶビジネスマンもいないし、子供を迎《むか》えに来た母親達の集団もいない。

節電中なのか暖房《だんぼう》の弱い席で、コーヒーが湯気を上げている。コンラッドは持っていた新聞をテーブルに投げだし、白いカップを手で包んだ。しばらく指を温める。

この国では、飲物まで黒だ。

こちらの世界に辿《たど》り着いた直後は、そんなことにも動揺《どうよう》したものだった。だが時間が経《た》つにつれて地球の習慣にも馴染《なじ》み、少々のことでは驚《おどろ》かなくなった。

コーヒーもそうだ。初めて飲んだときにはあまりの苦さに閉口したが、一年半近くをアメリカで過ごした今では、カフェインがなければ落ち着かない。

どうにかして原料の豆を、眞魔国《しんまこく》に持ち還れないものだろうか。しかし常夏《とこなつ》とは程遠《ほどとお》い故国の気候では、収穫《しゅうかく》の可能性が非常に低い。

そこまで考えてしまってから、コンラッドは自分自身を嗤《わら》いたくなった。

此処《ここ》に来る前には何もかもに絶望し、先のことなどどうでもいいと思っていた。生きる価値はない、息をする意味もないと。

なのに今はどうだ。

恙《つつが》なく任務を果たし、帰国することを考えている。しかもその先、軍籍《ぐんせき》を退《しりぞ》いた後のことまでも、朧気《おぼろげ》ながら思い描《えが》いているなんて。

眞魔国と地球とでは社会が違いすぎる。成人するまでこちらで過ごされたら、国にいらしたときの戸惑《とまど》いと驚きはかなりのものだろう。それは自分自身の体験で、少なからずも判《わか》っていた。

だからこそ俺が生きて戻《もど》り、あらゆる環境《かんきょう》を整える必要がある。国も城も仕える者達も、少しずつでも変えていかなければなるまい。いずれはあの御方《おかた》をお迎えできるよう、時間をかけて、ゆっくりと。

ウェラー卿は投げ出された新聞に目をやったが、文字を追ってはいなかった。

……でも本当は、ずっと……。

「コンラッドー」

呼ばれて入り口に顔を向けると、久々に会う知人が細い両手を勢いよく振《ふ》り回していた。

「元気だったー?」

間延びした喋《しゃべ》り方と眼鏡《めがね》、笑い皺《じわ》。

人差し指の長さまで伸《の》びすぎた黒髪《くろかみ》を、後ろで軽くまとめている。だがあまり効果がないらしく、頬や額に後れ毛の束がかかっていた。

国境近くで知り合った地球での「同僚《どうりょう》」、小児科《しょうにか》医のホセ・ロドリゲスだ。後ろに三人程《ほど》の影《かげ》がある。友人でも連れてきたのだろうか。

「久しぶりー……と思ったら何だよニヤニヤしちゃってさ。タブロイド紙にそんな面白《おもしろ》いこと書いてある? なになに、スクープ! エルビス・プレスリーは生きていた……コンラッド、これはちょっと信じちゃ駄目《だめ》だよ。彼が死んでもう十年にもなるんだからね。あーこんな記事が載《の》ってたから、外でギター掻《か》き鳴らしてるおにーさんがいたんだねー」

病的なまでに痩《や》せた男は上機嫌《じょうきげん》で歩いてきて、コンラッドの向かいの椅子《いす》を引いた。いつもの白衣姿ではなく、今日は灰色の制服らしき出《い》で立ちだった。

連れ達は黙ったまま椅子を移動させて、ロドリゲスの横に一列に座った。

一対四という特殊《とくしゅ》な席順だ。

「……友達かい？」

「そうなんだ。みんな、挨拶《あいさつ》してー。この人がさっき話したコンラッド・ウェラーさんだよ」

三人が同時に右手を挙げ、野太い声をピタリと揃《そろ》える。

「ハーイ、コンラッド」

「……こんにちは。きみたちはとても気が合うみたいだな」

「そうなんだよねー。みんな連邦《れんぽう》軍なのにさー、あんまり息がぴったりなもんで黒い三連星とか呼ばれちゃうんだよ。ホント、すごい心外なんだけどね」

軍という単語に反応して、コンラッドは知人一行の服装をまじまじと見た。ロドリゲスは灰色と黒の組み合わせで、よりいっそう細身に見える。他《ほか》の三人も微妙《びみょう》に色が違《ちが》うとはいえ、よく似たデザインの制服姿だ。

縦よりも横に長い巨体《きょたい》の男が赤系で、残りの二人は青系色だ。茶色の癖毛《くせげ》で背の高い男だけが、何故《なぜ》か緑色に塗《ぬ》ったボールを抱《かか》えていた。

「……全員でどこかに入隊したのか？　しかもバスケットボール抱えて」

「ハロだ」

「え？　バスケットボールじゃ……」

「ハロだ」

ロドリゲスが右手を上下させ、なくなるほど両目を細めて笑った。

「やだなあコンラッド、別に軍人になったわけじゃないよ。明日からの全米ガンダム学会のために、みんなでボストンに来てるんだよねー」

「全米、ガンダム、学会？」

ＮＡＳＡ印の教材で学んだ知識を総動員しても、全米ガンダム学会という催《もよお》しに心当たりはなかった。ガンとかダムに関しての学会ならあるかもしれないが、両者を同時に研究するとなると……。

「入隊してもいないのに、連邦軍とやらの制服で出席するのか？」

「うん。まあデザイン的にはジオン軍のほうが人気が高いんだけどね。でもやっぱりシャアよりは木馬でしょ。やっぱりファースト・ガンダムでしょ」

男達は深々と頷いた。地球にはまだまだ知らないことがいっぱいだ。

「勉強になるよー？　コロニーが墜《お》ちてきたらどうするか討論したり、出席者のニュータイプ度を測定したりするんだ。オレたちは今回、新しい武器について発表するんだよね……よいしょと。ほら見てよ、ビームチェーンソー」

どこからどう見てもごく普通《ふつう》の電動鋸《でんどうのこぎり》を取りだして、ロドリゲスは自慢《じまん》げに振ってみせる。

コンラッドの脳味噌《のうみそ》内サーチでは、ジェイソンという人名がヒットした。

「……そういうものを店に持ち込むのは感心しないな」

「大丈夫《だいじょうぶ》だよ、未完成だからね。まだビームの出力は制限されてるんだ。ところでコンラッド」

話題が変わりかけたところで、横並びの三人が一斉《いっせい》に立ち上がった。彼等なりに気を遣《つか》ってくれるらしい。

「艦長《かんちょう》、自分等は向かいのコンビニに行って来ます」

「え？ あーそうだね。フラウの臑毛《すねげ》を剃《そ》る剃刀《かみそり》買わなきゃならないもんね。他にも明日の食《しょく》糧《りょう》とか、必要な物があったら買っておいてね。無線は持った？」

臑毛ボーボーなのに生足だった巨体の男が、力強く頷いた。彼がフラウさんらしい。

それにしてもロドリゲスはどこの艦長で、何のために無線が必要なのだろう。コンラッドは自らの判断力に自信をなくしかける。ひ弱な小児科医とは仮の姿で、その実体はアメリカ合衆国「連邦軍」の将校なのだろうか。

「あ、そういえばキャラ名で呼び合うのもまずいよねぇ。会場には同じコスチュームの人間がいくらもいるんだもんね」

……コスチューム？

なんだ、つまり彼等は友人のヨザックと同じく、特殊な扮装《ふんそう》が趣味《しゅみ》の連中なのか。店から出て行く三人の背を見送りながら、ウェラー卿《きょう》コンラートは胸を撫《な》で下ろした。職業軍人の纏《まと》う雰囲気《ふんいき》を察知できなくなったら、武人としては大問題だ。

運ばれてきたパイ四種類を端《はし》から眺《なが》め、ロドリゲスは嬉《うれ》しそうにフォークを握《にぎ》った。まずは目の前に置かれたラージサイズのアップルパイから、カスタードクリームに包まれた林檎《りんご》を引っ張りだす。

「早く着いたからホテルの方に行ってみたんだけど、きみはいないって言われちゃったよ。ボブの用意した部屋を引き払《はら》っちゃったんだってね。今どこに滞在《たいざい》してるの？　せっかく最上階のいい部屋だったのに、何か気に入らなかったの？」

「豪華《ごうか》すぎて落ち着かなかったんだ」

「またまたー。今でこそバイク野郎《やろう》みたいな恰好《かっこう》してるけど、お国じゃ王子様だったんでしょ。ヨーロッパのお城みたいな部屋に住んでたんだよね。ベッドにカーテン付いててさ」

「そんなことはないよ。軍隊生活じゃ士官になるまで個室は貰《もら》えなかったし、たまの休暇《きゅうか》で帰省すれば、悪戯盛《いたずらざか》りの弟が部屋中を占領《せんりょう》していたから」

冷めかけたコーヒーを飲み干して、コンラッドは窓の向こうに目をやった。

「それにあのホテルは、渋谷家からかなり遠いんだ」

「ああそうかあ！　きみんとこはまだボストンにいるんだよねー。うちの健ちゃんはもう日本に帰国しちゃったからさ。どう？　ジュリアス・シーザーちゃんは元気かい？」

小児科医は二個目の皿に手をつけた。コンラッドはその勢いに苦笑《くしょう》する。

「ユーリだよ」

「そうだったね。ユーリちゃんはいつまでアメリカにいてくれるの」

「さあ。俺のほうが先に地球を離《はな》れることになりそうだ」

「そっかー」

ロドリゲスはフォークをくわえたまま、垂れてきた前髪《まえがみ》を細い指で払った。目尻《めじり》の笑い皺が消え、不意に神妙《しんみょう》な顔つきになる。

「別にオレたちが生んだわけじゃないとはいえさ、あの子達が何にも覚えてないかと思うと、ちょっと淋《さび》しい気もするよね」

頷《うなず》きながらコンラッドは、市民病院の裏口駐車場《ちゅうしゃじょう》と、灰色のタイル壁《かべ》を眺めていた。

「きみの場合は将来、王様として、あっちの国に来てくれる予定なんだっけ……どうかした?」

椅子の脚《あし》を乱暴に蹴《け》り、コンラッドが腰《こし》を浮《う》かせる。

四ヵ月間見守り続けた子供の姿が、硝子《ガラス》の向こうにちらりと動いたのだ。駐車場への通用口から現れたユーリは、来たときと同じように淡《あわ》いピンクの服を着ていた。だが、上機嫌の赤ん坊《ぼう》が抱《だ》かれているのは、渋谷夫人の胸ではなかった。

「誰《だれ》だ……?」

身を屈《かが》め、隠《かく》れるように走る女の姿に、ウェラー卿は店を駆《か》けだした。

モネ・モンデミールは無邪気《むじゃき》に喜ぶ赤ん坊を抱いて、一番手前の車の陰《かげ》に身を隠していた。

通用口の向こうには、執拗《しつよう》に自分達を捜《さが》す母親が見える。

「オー、さすがに日本人、諦《あきら》めが悪いワね。気をつけないと子供を奪《うば》われるワ。大丈夫よ、ゆーりたん。ゆーりたんのことはお姉さんが絶対に守ってあげますからね。もうあんな酷《ひど》い目には遭《あ》わせませんからねー。いたた、いたた、髪《かみ》を引っ張るのはやめてちょうだい。それから女性の胸は掌《てのひら》で触《さわ》っちゃ駄目よ。手の甲《こう》でないと痴漢行為《ちかんこうい》で訴《うった》えられるワよ」

それにしても人見知りをしない赤ん坊だ。いきなり母親から離されたのに、ぐずる気配がまったくなかった。

とはいえ今は十二月、四ヵ月の赤ん坊にとって好ましい陽気ではない。いつまでも寒風に晒《さら》していては、こちらが虐待《ぎゃくたい》で訴えられてしまう。

モンデミールの車はずっと奥だ。そこまで走るうちに姿を見咎《みとが》められて、あの鬼母に追いつかれたら厄介《やっかい》なことになる。何しろ相手は武道の国・日本の人間だ。女は皆《みな》、ゲイシャかクノイチ、男は全員がサムライかバカトノだ。どんな技《わざ》を持っているか予想もつかない。

「仕方がないワ、ここはひとまず霧隠《きりがく》れの術よ」

現代忍者《にんじゃ》が滅多《めった》に使わない術の名を呟《つぶや》いて、モンデミールは低い体勢のまま後退《あとずさ》った。駐車場に隣接《りんせつ》した小規模なコンビニの扉《とびら》を、背中と尻《しり》で器用に開く。

「ちょっとの間、この店であの女をやり過ごしましょう。大丈夫、きっとすぐに諦めるヮ」

レジ前には縦縞《たてじま》のシャツの店員がいた。他《ほか》には客らしき男が三人だけだ。どこの警備会社なのかは知らないが、随分《ずいぶん》と威圧感《いあつかん》のない制服だ。むくつけき男三人組なのに、女性用剃刀を数種類見比べている。

「いけない。目を合わせちゃ駄目《だめ》よ、ゆーりたん」

母親に見つからないように、そっと奥へと移動する。

ユーキャン、ユーキャン叫《さけ》んで捜し回る母親が、ウィンドウの前を通り過ぎて行った。その時だ。

「そうだーっ！　おれにだってやりゃあできるんだぞーっ!?」

脳天から発するような奇声《きせい》と共に、両開きのドアを蹴って若い男が駆け込んできた。泥落《どろお》としのマットで二十センチほど滑《すべ》ってから、両手で抱《かか》えたショットガンを店内に向ける。

「お前らー！　たった今からこのコンビニはおれが占拠《せんきょ》した！　大人しく言うことをきかねぇと、こいつで大腸辺りに風穴空けんぞー!?」

思わず皆、大腸を押さえた。

男は擦《す》り切れた革《かわ》のジャケットに同色のブーツ、伝統を感じる模様のセーターという服装だった。上擦《うわず》った声からは二十代と推測できるが、スキンヘッドで無精髭《ぶしょうひげ》ということ以外、顔はばっちり覆面《ふくめん》状態だったからだ。

確かに素顔《すがお》は完璧《かんぺき》に隠せているが、両目は細い筋のようだし、鼻も唇《くちびる》も引き延ばされて無惨《むざん》な有様だ。見ているほうが息苦しくなってきて、モンデミールは怖《お》ず怖ずと提案した。

「あの、女性用ストッキングで覆面をするのは、どうかと思うワ」

「うるせえらまれ！　近所の玩具《おもちゃ》屋に大統領マスクがなかったんらー」

脅《おど》す言葉にも支障が出始めた。

学生風のパート店員が、分厚いマニュアルを捲《めく》り始める。

「もしかしてこれが噂《うわさ》のコンビニ強盗《ごうとう》!?　ちょっと待ってちょっと待ってちょっと待ってよ、該当《がいとう》ページ探すから……えーと、もしもあなたの店に強盗がやってきたら……百十ページ……丸腰《まるごし》の場合、銃《じゅう》を持っている場合、機嫌《きげん》の良い場合……うわ、全部で二十ページもある。駄目だ、こんな膨大《ぼうだい》な量の文章、とても読み切れるもんじゃないよ」

「なんてこった！　大学生にしてこの体《てい》たらく。ちくしょう、ボストンの未来はどうなっちまうんだー」

コンビニ占拠犯らしからぬ嘆《なげ》き方をして、男はショットガンの銃口《じゅうこう》を天井《てんじょう》に向けた。轟音《ごうおん》と共に発射された弾丸《だんがん》が照明を割り、硝子の破片が店内に降り注ぐ。

自分も一緒《いっしょ》に悲鳴をあげながら、男は必死で言い訳をした。

った。

「待て今のは、今のは間違《まちが》いだ！　誤解するな、本気でお前等を撃《う》とうとしたわけじゃねーぞ」

緊急時対応《きんきゆうじ》マニュアルを読みこなせなかった学生店員が、自分のことを棚《たな》に上げて文句を言った。

「あんたちゃんとショットガンの取説《とりせつ》読んでるのかよ⁉　今どき銃ぐらい子供でも扱《あつか》えるってのに……」

「あー」

黒い瞳《ひとみ》を見開いていた赤ん坊が、握った両手を上下させて泣きだした。大きな音に驚《おどろ》いたのだろうが、これまでの上機嫌がまるで嘘《うそ》のようだ。モンデミールは慌《あわ》てて陳列《ちんれつ》されていた玩具を摑《つか》み、ユーリの前で振《ふ》ってみせる。

「ほーらゆーりたん、アヒルちゃんですよー？　黄色いお尻がガーガー可愛《かわい》いでちゅねー」

勇ましいサイレンを響《ひび》かせて、警察車輛《しやりよう》が数台駆けつけた。銃声《じゆうせい》を聞いた通行人と、パニック状態の渋谷夫人がほぼ同時に通報したのだ。

真っ先に駐車場に乗り込んできたパトカーからは、グレーのトレンチコートに黒の帽子《ぼうし》の男が降りてくる。唇には火の点いていない葉巻という、どこか勘違《かんちが》いした恰好《かつこう》だ。

「よーし全員持ち場に着けーー！　紅組《あか》、白組、桃組《もも》、雪組のリーダーは準備が整い次第《しだい》報告しろー」

「警部補、紅組ではなくてレッドチームです。それに白と雪は同じ色です」

「ありゃ、そうだった」

警部補と呼ばれたトレンチコートの男は、生真面目《きまじめ》そうな制服警官の言葉に頷いた。ボンボンでも着けたみたいな揉《も》みあげが、頬《ほお》と一緒に細かく震《ふる》える。彼は集まり始めた野次馬を見回すと、満足そうに頷いた。

「むふーん。見物人の中にサンタクロースが四人もいる」

「大漁ですね、警部補」

冷静な制服警官が内部の状況《じょうきょう》を説明し始める。

「巡査《じゅんさ》、あちらが人質《ひとじち》のご家族かね？」

「そうです。ソーシャルワーカーに攫《さら》われた赤ん坊が店内に」

「ソーシャルワーカーに攫われたぁ？」

渋谷夫人は駆けつけた夫と手を握《にぎ》り合い、恐怖《きょうふ》と緊張《きんちょう》とその他の何かで血の気を失っていた。

「まず揉んでみる！　とかいう若い女が、言い掛《が》かりをつけてうちの子を奪《うば》っていったのよ！　必死で追いかけたんだけど、そしたらゆーちゃんの泣き声がして、ほらあの、あの子特有の泣き方よ。オギャーじゃなくてウォウウォウウォウってシャウトするのよ。それであそこのコンビニの奥に、ゆーちゃんの頭頂部がチラッと見えたの。黒くてホンワカした頭頂部よ！」

警部補は葉巻を唇にくっつけたままで、根拠《こんきょ》のない自信に胸を張った。

「ご安心ください奥さん、我々が来たからにはもう安心です。犯人説得用の老いた母親と、もしもの場合に備えてコンビニ強盗《ごうとう》専門チームも連れてきています」

彼女が振り返ると、心配のあまりハンカチを囓《かじ》る老婦人と、髭面《ひげづら》で人相の悪い男組が軽く手を振った。専門家というよりコンビニ強盗を生業《なりわい》としていそうな物騒《ぶっそう》な目つきだ。

「あ、申し遅《おく》れましたが私はディアス警部補です。それから、これから対決する憎《に》っくき犯人の名前は……誰だっけ巡査」

「お待ちください」

制服警官は拡声器を口に当てて、冷静この上ない口調で訊《き》いた。

「犯人に告ぐ。よく聞け、お前は完全に包囲されている。まずはそちらの名前から名乗れ」

小規模なコンビニエンスストアの扉越《とびらご》しに、興奮気味の甲高《かんだか》い声が返ってきた。

「おりゃあダウンタウンで、ちっせー本屋を開いてる者だー！」

「おや、誰《だれ》かと思ったらヨナサン・テーラーか」

「知り合いか、巡査」

「いいえ、あの辺りで本屋といえばテーラーの所しかありません」

本屋なのにテーラー？　と現場がざわついた。パン屋なのにバーバーと同じ違和感《いわかん》だ。

リスの頬袋《ほおぶくろ》ほどの揉みあげをつけた警部補が、拡声器片手に話しかける。

「あ、あ、あ。スイッチ入ってるか？　聞こえるかねヨナさーん！　私はディアス警部補ダー！　うお」

スピーカーが強烈《きょうれつ》な騒音《そうおん》を発した。驚きで頬袋……揉みあげが膨《ふく》れる。

「警部補、声が大きすぎます」

「あ、そうか。ヨナさーん、人質には絶対に手を出すなー！　とにかく早まったことをするなよー。ところで、今ここにお前さんの母親が来てくれているー」

「ママは五年前に死んだー」

ハンカチをくわえた老婦人が苦い顔をした。警部補が小さく咳払《せきばら》いをする。

「……えーと……お疲《つか》れさん。経理からギャラ貰《もら》って帰っていいよ」

警察側のちょっとした仕込みだったのだ。ディアス警部補は拡声器を握ったまま、辛抱強《しんぼうづよ》く説得する姿勢を見せる。

「話し合おうヨナさん、交渉《こうしょう》を続けようじゃないかー。いいかー？　強盗なんて成功するもんじゃないんだぞー？　結局のところ犯罪は割に合わないんだー」

「おりゃー強盗じゃねえー！」

今度はコンビニ強盗専門チームがぞろぞろと帰っていった。

「ということは立て籠《こ》もりだ、立て籠もり。おーい巡査、立て籠もり専門班を大至急招集しろ。

犯人と話のできるプロの交渉人は連れてきてるか？」

「たった今、到着《とうちゃく》しました。マイゴールデンマイクでスタンバってます」

金のマイクを持った男が小さく頷《うなず》いて進み出た。小指がピンと立っている。

「やあヨナさん。わたしは交渉人のウィリアムだ。きみと話をするためにここに来た。最初に言っておくが、わたしはきみを助けたいんだ。一緒に解決への糸口を探《さぐ》ろう。そのためにはお互《たが》いのことを知り、理解し合わなければならない。わたしのことを話すから、その後できみのことも教えてくれたまえ。ではまず一曲目『わたしの生まれはウィスコンシン』を聞いてくれ。作詞作曲、歌、編曲、コーラスわたし。五つの顔を持つわたし」

ゴールデンマイクリサイタルが始まる前に、不適格な交渉人は車に戻《もど》された。あまりにも酷《ひど》い人材不足ぶりに、渋谷夫妻は青ざめる。

「ああどうしようウマちゃんっ、警察はあてにできそうにないわッ。あたしたちで何とか息子《むすこ》を助け出さなくちゃ」

一家の大黒柱で二児の父である渋谷勝馬は、少々垂れ目気味で情けない系の顔ながら、拳《こぶし》を握って決意した。

「人質取って立て籠もってるってことは、身代金《みのしろきん》か⁉　犯人の目当ては身代金なんだな⁉　幾《いく》ら欲《ほ》しいんだ、幾ら欲しいのか言ってみろ！　よよーし、ゆーちゃん待ってろよ。こうなったらパパが身体《からだ》を売ってでも金を作るからな！」

着ていた分厚いセーターを、勢いよく胸まで捲《まく》り上げる。

「えっウマちゃん、まさか。まさかまさか⁉」

「見よ、このメスを入れやすそうな腹部を！　日本人の臓器は思いのほか高額で売れるんだからな」

「う、ウマちゃんたら、それはもしかしなくても犯罪よ」

「特にここ四ヵ月は授乳期間だったたから、アルコールは一滴《いってき》も飲んでないんだ。肝臓《かんぞう》なんか艶《つや》艶《つや》のプリプリだぞ！」

公衆の面前で繰《く》り広げられる夫のアピールに、妻は慌《あわ》てて付け足した。

「待って待って。授乳してるのはあたしですからね。決して夫が授乳してるわけじゃありませんからね⁉」

「奥さん、あんまり授乳授乳連呼するのもどうかと……」

生真面目な制服警官が居心地《いごこち》悪そうに窘《たしな》めた。あっという間に攻撃《こうげき》の矛先《ほこさき》は、不甲斐《ふがい》ない警察側に向けられてしまった。

「何よ、それもこれも警察が早期解決してくれないからでしょ⁉　民間人の非常識を責めてる暇《ひま》があったら、一刻も早くゆーちゃんを奪還《だっかん》してよ」

「しかし我々も組織の人間ですから、上の指示がなければ動けません」

「あーっもう、こんなとこでも指示指示指示。上からの指示と許可がなければ何一つできないっていうのね。これだから親方星条旗《ひのまる》は困るっていうのよ」

息子を奪《うば》われた母親は、どんどん鼻息が荒《あら》くなる。

「いいわよ、あんたたちが何もしてくれないっていうなら、あたしがゆーちゃんを助けるわ。こう見えても結婚《けっこん》する前は、横浜《ハマ》のランボーって呼ばせて地元《ジモ》ピーを震《ふる》えあがらせたんですからね。たとえ独りででも突入《とつにゅう》して、店内を地獄《じごく》に変えてみせるわ。『横浜《ハマ》のランボー・地獄のセブン-イレブン』。あら、ちょっといいんじゃない？　お昼にやってる映画のタイトルみたいで」

「待て待て嫁《よめ》さん、地獄に変えちゃ駄目《だめ》だろ、地獄に変えちゃ」

「さあ誰かあたしに機関銃《きかんじゅう》を貸してちょうだい！　薬師丸《やくしまる》ひろ子にできてあたしにできないはずがないわ！」

「うわー、嫁さんが壊《こわ》れていくー」

夫と警察は悲痛な叫《さけ》びをあげて、手近な武器を慌てて隠《かく》した。こんなところで変な快感に目覚められたら身が保《も》たない。

夫妻と警察の動きを離《はな》れて見守りながら、ウェラー卿《きょう》とロドリゲスは無線機からの声に耳を傾《かたむ》けていた。

「中の様子はどうなのフラウ？　人質《ひとじち》の数や状態は？」

フラウというのは赤系の制服の巨漢《きょかん》である。そう深刻な顔をしていないとはいえ、ロドリゲスの友人三人も店内に閉じ込められているのだ。

『我々三人の他《ほか》に赤ん坊《ぼう》と母親らしき女、それにパートタイムの店員が一名です。赤ん坊はさっきまで号泣《ごうきゅう》していましたが、泣き疲れたのか、今はアヒルちゃんを掴《つか》み、女の胸に顔を埋《う》めているであります』

「陛下、可哀想《かわいそう》に……」

コンラッドが思わず呟《つぶや》いた。

『我々としては羨《うらや》ましい限りです。この隙《すき》にハロアタックをかけるかどうか、艦長《かんちょう》の指示を仰《あお》ぎたいであります』

ロドリゲスは軽く眉《まゆ》を顰《ひそ》め、無線の編み目に向かって言った。

「ハロアタック？　やめといたほうがいいね。バスケットボールはリバウンドでどこに飛ぶか判《わか》らないから。徒《いたずら》に犯人を刺激《しげき》しないよう、軽率《けいそつ》な行動は慎《つつし》んでね。ところで犯人のヨナサン・テーラーってどんな奴《やつ》？」

『スキンヘッドに無精髭《ぶしょうひげ》の二十代白人男性であります。銃《じゅう》を持っていますが、まだ発砲《はっぽう》していません。右手の甲《こう》にリアルなクッキーモンスターの刺青《いれずみ》が……がー……すぴー……ワレワレハ

『……宇宙人ダ……』

「あーくそっ、ミノフスキー粒子《りゅうし》が乱れてるんだよね。伍長《ごちょう》、伍長っ？」

雑音だけになってしまった通信機を、期待を込めて数回叩《たた》く。変化なし。

車の陰《かげ》から店舗《てんぽ》を窺《うかが》って、コンラッドは心配そうに溜《た》め息をつく。

「手の甲に刺青……特殊《とくしゅ》な結社のメンバーなのかもしれない。銃を持っているとも言ってたな。危険だ。一分でも早くユーリを助けないと」

「警察はあまり頼《たよ》りにならないしね」

「とにかくどうにかして中に入れないものかな」

ロドリゲスは立て籠もり犯のニュース映像を思い起こす。

「人質交換《こうかん》とか、食糧《しょくりょう》の差し入れ係を申し出れば？」

「コンビニには食糧が売る程《ほど》あると思うが……しかもそういう役回りは私服の婦人警官が任されるんじゃないか？」

「ああー、そうだよね。……あっ、じゃあ女装して潜入《せんにゅう》するってのはどうだろう。ちょうど女性キャラのコスが一着余ってるんだよねー。じゃーん」

ロドリゲスは大きな荷物から、赤系の制服と金髪《きんぱつ》の鬘《かつら》を広げてみせる。心なしか目つきがうっとりとしてきた。

「セイラさん」

あまり狼狽《ろうばい》することのないコンラッドが、白いスパッツに珍《めずら》しく引いた。

「……やめておくよ。普通《ふつう》に裏口から侵入《しんにゅう》しよう」

明らかに残念そうな表情ながらも、小児科医《しょうにか》はまた荷物から物騒《ぶっそう》な機械を引きずりだした。

「そういうときのためにこれ、新兵器・ビームチェーンソー。もっともまだビームは発射できないんだけど」

「つまり普通の電動鋸《でんどうのこぎり》なんだな？」

「そんなことないよ。どんな太さの木でも斬《き》れるし、引いたり押したりの力は全く必要ない」

「それを普通の電動鋸というんだろう」

二人は警官隊の目を引かないように、そっと店舗の裏手に回った。空き瓶《びん》やらゴミバケツやらが散乱する奥に、事務所と思《おぼ》しき茶色の扉《とびら》がある。彼等はチェーンソーの紐《ひも》を引き、スイッチを入れかけてから気付いた。

「……スチール扉みたいだな」

これでは斬れない。

「うーんやっぱりジェイソンみたいにはいかないもんだねー」

ええい、気付かれても構うものか。

コンラッドはいい加減焦《じ》れったくなって、渾身《こんしん》の力をこめて茶色の扉を蹴《け》った。

「……う」

蝶番《ちょうつがい》ごと外れて派手に倒《たお》れる。

「よし、開いた」

「きみって意外と乱暴者だねぇ」

事務所内をぐるりと見回すと、コンラッドは壁《かべ》に掛《か》かっていた縦縞《たてじま》のシャツを羽織った。どうやらこの店のユニフォームらしい。

「あんたは外にいて、警官隊が無謀《むぼう》な突入をしそうになったら止めてくれ」

「どうやって!?」

「最新兵器があるだろう」

スチール扉は斬れないが、人間くらいの素材なら楽勝だ。

店員の制服を着たウェラー卿が店舗部分に堂々と入っていくと、武器を構えたヨナサン・テーラーは仰天《ぎょうてん》して叫んだ。

「やあヨナサン」

「何だお前!? そんな爽《さわ》やかな笑顔《えがお》で入って来やがって! この店は占拠《せんきょ》されてるんだぞ!?」

その瞬間《しゅんかん》の反応で、おおよその戦闘力《せんとうりょく》や熟練度が判る。肝《きも》の据《す》わっていない様子、あっさりと窓際《まどぎわ》に立つ短絡《たんらく》さから考え合わせると、相手は明らかに素人《しろうと》だ。

銃に関してはこちらも素人同然だが、敵も扱《あつか》い慣れているとは思いがたい。どのポケットも平らなままで、予備の弾《たま》で膨《ふく》れていないのだ。

手を挙げるべきかどうかで悩《なや》みながら、コンラッドは灰色の床《ゆか》を進んだ。

「本社の方から来た。悪いけどスタッフの交替《こうたい》時間だ。そっちのバイトは三時までなんでね」

パート店員がほっとした声をあげる。

「助かったよ、午後から講義だったんだ！　レジの鍵《かぎ》はコーヒーメーカーの後ろでいいかな？　あ、護身用の銃はカウンターの下だから」

「銃があるのか⁉」

反射的にショットガンがコンラッドに向いた。大人の人質五人が息を呑《の》むが、標的となった本人は涼《すず》しい顔だ。

「ああ、気にしなくていい。俺は銃規制《じゅうきせい》推進派だから。撃《う》たない持たないビクつかない主義でね」

「最近の若い奴にしちゃあ、なかなか感心な考え方だな」

「俺から見るときみも相当若く見えるけど」

もちろんヨナサン・テーラーはコンラッドの実年齢《じつねんれい》を知らない。ティーンエイジャーに見えていても、地球でいえば前世紀の遺物だ。

「それより、子供とご婦人は解放したらどうだ？　特にその子はまだ四ヵ月の赤ん坊だ。何時間もこんな環境《かんきょう》におくのはよくない。事件の本質がどうであれ、人として弱者には優《やさ》しくあるべきだろう」

ウェラー卿は奥の棚《たな》に目をやって、ロドリゲスの仲間達をチラリと見た。

「見てくれだけとはいえ、彼等は連邦《れんぽう》の軍人だから、危険に晒《さら》される覚悟《かくご》もできていると思うけど」

「そんなー。ホワイトベースは殆《ほとん》どが民間人なのに」

フラウがっかりした顔をする。

痛いところを突《つ》かれてヨナサン・テーラーは渋《しぶ》い顔をした。もっとも女物のストッキング越《ご》しでは、どんな顔をしても同じことだ。

「要求が通りゃすぐにでも解放する」

「だったら早くその要求とやらを訴《うった》えろよ」

「警察が黙《だま》っちまったきりじゃねーか」

「え」

脱力《だつりょく》した両腕《りょううで》が戻《もど》らなくなってしまった。コンラッドは自分でも聞いたことのないような、呆《あき》れ返った声になる。

「自分から言えばいいじゃないか！　銃を持って乱入してきた犯人のくせに、妙《みょう》なところで内気だな」

「うるせーぞ、謙虚《けんきょ》さは美徳だってガキの頃《ころ》に教わったんだよッ」

ヨナサンは天井《てんじょう》に向けて一発撃った。また照明が割れて硝子《ガラス》片が降ってくる。今回は意識しての威嚇《いかく》だろうが、このままでは電球は全滅《ぜんめつ》だ。

「危ない」

ウェラー卿《きょう》は反射的に棚の間に飛び込んで、女性に覆《おお》い被《かぶ》さった。

「……怪我《けが》は？」

「え、ええ大丈夫《だいじょうぶ》よ」

年下とはいえ爽やかで男前な青年に気遣《きづか》われて、モネ・モンデミールの胸は高鳴った。だがすぐにそれは失望に変わる。彼の視線は明らかに自分ではなく、腕《うで》の中の赤ん坊《ぼう》に向けられていたからだ。庇《かば》ったのは子供だったのだ。

「……ゆーりたんも大丈夫よ」

「よかった。彼に怪我でもあったらと思うと」

一瞬《いっしゅん》でもときめきモンデミールになった彼女が馬鹿《ばか》だった。

「あなた誰《だれ》？ この子の知り合いなのね。母親に頼《たの》まれてゆーりたんを奪《うば》いに来たの？」

小さく温かい身体《からだ》を両腕で抱《かか》え、モンデミールはコンラッドに背中を向ける。敵意剝《む》きだしの態度をとられ、彼は思わず苦笑《くしょう》した。

「頼まれたわけじゃないよ。陛下……彼とはまだ知り合ってもいない。誰かといわれても……護衛みたいなものかな」

「ボディーガードではなくベビーシッターでしょ。雇《やと》い人《にん》に子供を迎《むか》えに来させるなんて、なんという冷たい親かしら」

「そんなことはない」

コンラッドは二人の隣《となり》に座り、上機嫌《じょうきげん》で眠《ねむ》るユーリの頬《ほお》をつついた。上等とはいえない環境にもかかわらず、血色よく艶々《つやつや》している。右手には黄色いアヒルの玩具《おもちゃ》を握《にぎ》り締《し》め、腹の辺りに押し付けていた。

「母親は警察に止められているから来られないんだ。そうでなければマシンガンでもバズーカでも持って、単身ここに乗り込んでくるよ。もちろん武器なんか何一つ無くても、勇気と愛情だけでユーリを助けに来るだろうけどね……お嬢様《じょうさま》っぽい雰囲気《ふんいき》とは裏腹に、中身は意外と熱血ママだ。たとえどんな理由があっても、息子を虐待《ぎゃくたい》するような人ではない」

ユーリが笑った。母親のことを褒《ほ》められて嬉《うれ》しかったのだろうか。言葉が判《わか》るわけはないし、寝《ね》ているから聞こえないはずだ。だが、あまりに無邪気《むじゃき》で無垢《むく》な笑《え》みに、こちらの頬まで緩《ゆる》んでしまう。

この御方《おかた》の身の上には、まだ何も悲しいことが起こっていない。

コンラッドは呟《つぶや》いた。

「瞳《ひとみ》が見たいな……ああ、いいんです、どうかそのままで。今は眠ったままでいてください」

どうかずっと、そのままで。

怪《あや》しまれる前に手を引いて、彼はもう一度断言した。

「彼の母親は、虐待をするような人じゃない」

「皆《みな》そうよ、子供を虐待する親は、多くのケースで優しそうな善人に見えるの。アカデミーできちんと習ったし、取り調べも何件も立ち会ったワ……見て、この痛々しい痣《あざ》を」

モンデミールは眠る赤ん坊をそっと俯《うつぶ》せにし、カバーオールを臀部《でんぶ》まで引き下ろした。

「おっと」

期せずして未来の国王のお尻《しり》を見ることになってしまった。確かにモンデミールの言葉どおり、拳大《こぶしだい》の痣が青黒く残されている。

仕事熱心なソーシャルワーカーは、早くも涙《なみだ》ぐんでいた。

「……酷《ひど》いワ、可哀想《かわいそう》に」

「うーん、お尻までは見たことなかったからなあ」

「こんな幼い子になんという残酷《ざんこく》な仕打ちを。どんなに痛かったかしれないワ。ああでも、初仕事であなたを助けられてよかった。ゆーりたんを助けられて本当に良かったワ」

「新人なのか？」

「そうよ、少なくとも単独で現場に行くのは初めてだったの。なのに……こんなことに巻き込まれてしまって……」

信念に燃える若者特有の傲慢《ごうまん》さは、たちまち姿を消してしまった。モンデミールは平泳ぎ体勢のユーリを膝《ひざ》に乗せたまま、深い溜《た》め息と共に肩《かた》を落とした。

「生まれて半年もたたないか弱い存在を、こんな恐《おそ》ろしいストレスの中に放《ほう》り込んでしまったワ。本当なら今頃《いまごろ》は保護局の暖かいベッドの上で、標準サイズの哺乳瓶《ほにゅうびん》を抱えていたはずなのに。模様はクマとウサギの二種類あるのよー。ゆーりたんは男の子だからクマかしらね。もちろん中身はいれたて適温の粉ミルクで、アレルギーのある子にも対応してますからネー……ごめんねゆーりたん」

新人ソーシャルワーカーは鼻を詰《つ》まらせた。

「……弱いあなたを助けに来たつもりだったのに」

コンラッドは彼女の言葉を遮《さえぎ》った。

「彼は特別だ」

眠るユーリにゆっくりと視線を落としながら、もう一度、スペシャルという単語を慎重《しんちょう》に使う。

「彼は特別だよ、弱くない」

モンデミールは一瞬言葉に詰まったが、すぐに語気荒《あら》く頭《かぶり》を振《ふ》った。

「な、何を言われてもゆーりたんは渡《わた》さないワっ！　強い弱いどころか大人の前じゃ赤ん坊は無力も同然よ⁉　なのにあんなに大きな痣が残るまで叩《たた》くなんて、あの母親は悪魔《あくま》だワ！」

「おい、そりゃモウコハンってヤツじゃねーか？」

「え⁉」

不意に声をかけられる。銃《じゅう》を肩に担《かつ》いだテーラーが覗《のぞ》き込んでいた。

「アジア系の赤ん坊にゃ珍《めずら》しくもねえよ。ぶったぶたないの話じゃない。おれンちの近くのチャイナタウンじゃ、生まれる子供のケツにもれなく付いてくるぜ。どうでもいいけど、ケツ丸出し」

「ええーっ⁉」

「東洋にゃケツの青いガキって言葉があるけど、あいつらホントに青いのなー。だから早くケツをしまってやれや。あ、それから」

蛙《かえる》スタイルで眠る乳児を指差して、立て籠《こ》もり犯はさりげなく助言した。

「うつぶせ寝はあんましよくねーぞ。こないだ育児本で読んだんだけどよ」

病院のシーツみたいな顔色になって、ミス・モンデミールは震《ふる》える手で額を押さえた。

「そ、そういえばアジア系の特記事項《じこう》として、モンゴリアン・スポットというのがあった気もするわ……で、でもそんな、そんな初歩的なミスをするなんて……そもそもドクターだって気付くはずなのに」

「何だお前らー、育児書の一冊くらい完読しておけよー。『ベイビー・フジヤマのラブラブ天使きゅん』は超《ちょう》ロングセラーだぞ?」

「ああ、それ読んだな」

「ええ⁉」

モンデミールは仰天《ぎょうてん》してコンラッドを見た。

「自分も読んだ」

「オレも読んだー」

「日本語の勉強のために原書を読んだ」

連邦軍《れんぽうぐん》制服三人組にまでそう言われてしまう。逃《に》げ出せずにいたパート店員とモンデミールだけが、がっくりと項垂《うなだ》れる結果となった。

ヨナサン・立て籠もり犯・テーラーは舌打ちした。

「これだよ。知識量が一番要求される専門職と、人生で最も読書ができる時期の大学生がこれだ。呆《あき》れるね。本なんか読みやしねーってんだから。マニュアル一冊覚えることもできねーってんだから」

硝子の向こう、駐車場《ちゅうしゃじょう》の中央では、警察が見当外れな交渉《こうしょう》を再会した。忘れられかけていたディアス警部補の声が、スピーカーを通して店まで届く。

『逃走《とうそう》用の車輛《しゃりょう》は何がいいー？　いち、ポールシェー、にー、フェッラーぁりぃ、さん、我等がクライスラー』

テーラーはそれには耳を貸さず、ショットガンを抱えて床《ゆか》に座り込んだ。

「……これじゃあおれの店が潰《つぶ》れるわけだよ。学生や子供が本読まないんじゃあ、小さな本屋なんか簡単に潰れるわな」

「閉店するのか?」

コンラッドは、赤ん坊《ぼう》のうつぶせ寝を直そうと手を伸《の》ばす。脇《わき》の下に手を入れてひっくり返すと、夢から覚めたのか猫《ねこ》みたいな声が漏《も》れる。

寝起《ねお》きでご機嫌斜《きげんなな》めだ。

「だからとりあえず、シリをしまってやれや」

「ああそうか。しーっ陛下、大丈夫《だいじようぶ》です。もうすぐ家に帰れますから」

モンデミールと揉《も》み合いになっても困るので、彼女の膝から奪《うば》うのはやめておいた。少々行き過ぎの感があるとはいえ、彼女の子供を想う気持ちはかなりのものだ。経験を積めばきっと良い担当官になるだろう。

警察による一方的な交渉は続いていて、逃走車輛の選択肢《せんたくし》はどんどん広まっていた。

『よんじゅにー、ジャガー、よんじゅさーん、ミツオーカー』

女の膝の上でユーリが寝返りを打とうとした。平らでないことが不満だったのか、握ったアヒルちゃんを振り回す。

「んー」

「なんだ、やっぱりうつぶせがいいんですか? 我《わ》が儘《まま》だなー陛下は。え、くれるの? ありがとう、じゃあ城に持ち帰って大事に飾《かざ》っておきます」

差しだされた黄色いアヒルを受け取ると、子供は嬉《うれ》しげな声をあげた。大人になる前の特殊《とくしゆ》言語は、NASA製の教材仕込みでも解読できなかった。

「まにゅふぁくちゅあー!」

「……なんだかすごく難しい話題を持ち出されてる気がする……けど、せっかく英語を覚えたのに、この分じゃあなたと話せそうにないですね」

人差し指を握《にぎ》られるに任せて、ウェラー卿《きょう》は自嘲《じちょう》気味に笑った。

自分は直《じき》に地球から去るだろう。後ろ髪《がみ》を引かれる思いだが、ユーリが成長するまで待ってはいられない。

抱《だ》き締《し》めたかった。

いずれ逢《あ》う約束の生命《いのち》ではあっても、そのときにではなく、今ここで抱き締めたいと思った。

けれど……。

コンラッドはただ口を噤《つぐ》んで、存外に強い掌《てのひら》から指を引いた。

彼等は、この国で出会うべきじゃない。彼の国である眞魔国で、正しく主従として逢うべきなのだ。親密な行為《こうい》で記憶《きおく》に残るのはまずい。

「なんだかそっちの女よりずっと、赤ん坊の世話をし慣れてるみてーだな」

柱に寄り掛《か》かり、座ったままのテーラーは、きつい覆面《ふくめん》をむしり取ってから言った。ストッキングから解放された男の素顔《すがお》は、どこにでもいそうな普通《ふつう》の若者だった。スキンヘッドだが。

「子供がいんのか？　まだ高校生か大学生だろうに」

「随分前《ずいぶん》だが、弟の子育てを少々」

「弟かぁ」

テーラーは視線を宙に彷徨《さまよ》わせ、無意識に胸のポケットを探《さぐ》った。煙草《たばこ》はなかった。店にはもちろん売る程《ほど》あるが、すっかり目を覚ました赤ん坊の喜ぶ声を聞いて、あっさりと喫煙《きつえん》を諦《あきら》める。

「うちも弟と二人でやってんだ。ガキの頃《ころ》は弟の子守《こもり》も散々させられたな。じーさんの代からの本屋なんだが、親父《おやじ》がとっとと死んじまってさ。ずーっとシングルで頑張《がんば》ってきたお袋《ふくろ》も、五年前に事故であっさり逝《い》っちまって……個人経営の小さな店だからよ、地元の住人相手に精《せい》一杯《いっぱい》やってきたんだが」

彼はむずかる赤ん坊を見た。その目に敵意はない。

「……もうダウンタウンにゃ本屋に来る子供なんかいやしねえんだ。うちは全国展開の大手チェーンとは縁《えん》もないかんな。そうなると仕入れもままならない。何年も前から赤字だったんだ。もう店を畳《たた》むしかねーんだよ」

テーラーの目を盗《ぬす》んで従業員マニュアルを開いていた店員が、全員にコーヒーを配り始めた。何かが違《ちが》うと思いながらも、皆《みな》ありがたくカップを受け取る。

「おう、ありがとよ」

「いいえ、店からのサービスですよ」

彼はどのページを読んだのだろう。

「小学生も中学生もこの店にはよく来ますよ。だから別に子供の数が減ったわけじゃないんだろうけど」

「……そう、ガキはみんなコンビニか駐車場にいるんだ。コンビニで飯を買って駐車場でドラッグを買って、地下のクラブに屯《たむろ》すんのさ。今じゃ気の利《き》いたガキはどいつもドラッグを買ってる。驚《おどろ》いたことにポケットには銃が入ってんだ。強盗《ごうとう》に行くんじゃない、買い物に行くのに銃を持ってるんだぜ？　昔は違ったよ、昔はマーベルの発売日ともなりゃ、子供はみんな学校帰りにうちに寄った。パーキングで包み紙を渡《わた》したりせずに、うちで立ち読みしたり仲間と喋《しゃべ》ったりして時間をつぶしたもんだ。けど今はどうだ？　活字どころか漫画《まんが》も読まねえ。だからうちは潰れる、本屋なんか必要ねえんだ」

「だから立て籠もったのか？」

ちらりと見たユーリの口元が震えていて、コンラッドは急に不安になった。お願いだ、もう少しだけ静かにしていてください。すぐに家族の元に帰しますから。

「だから人質をとって立て籠もったのか？　店を建て直す金欲《ほ》しさに？　それとも身代金《みのしろきん》を要求して、うまく逃走して人生をやり直すために？」

「違う」

「ではどうして」

「報《しら》せたかったんだ」

「何を?」

テーラーは急に嬉しげな顔になって、スチロールのカップごと左手を持ち上げた。この体勢では素早《すばや》くショットガンを撃《う》つのは不可能だ。だがコンラッドは、もっと愚《おろ》かなことを考えていた。果たして銃《じゅう》には弾丸《だんがん》が残っているのだろうか。この男は元々撃つ気がないのでは?

「テレビが来るだろう? テレビ局の中継車《ちゅうけいしゃ》が。その前でおれの店が潰れることを報せたかったのさ! うちみてーな本屋が潰れる程、子供達が変わっちまってるんだって、テレビの前で訴《うった》えたかったのさ。校長とか教師とか教育委員に、ボストンのお偉《えら》いさんに、お前等なんか違うだろって教えたかったのさ」

テーラーはブラインド越《ご》しに外を覗《のぞ》いて、中継車が来ているか確かめた。だが駐車場では逃走車輛にしか興味のない警部補が、自動車メーカーを延々と並べ立てているばかりだ。

『ろくじゅごー、ボンドカー、ろくじゅろくー、バットモービルもしくはネモービルー』

もはや入手困難な域に達している。

あまり窓際に立ってくれるなと念じながら、コンラッドは平静な口調を保つよう努力する。

「そういうことはコンビニに立て籠《こ》もったりせずに、教育委員会に訴えるべきじゃないか?」

「もちろん訴えたさ。でもボストン市内の学校図書館に、ホーソーンの蔵書を五冊《さつ》増やしましたってハガキがきただけだ。そんなことで子供が本読むようになるかってんだ! 小難しい文芸作品なんて単なる図書館の飾《かざ》りだ、偉い連中はそれが判《わか》らんのですよ！」

語気の荒《あら》さに驚いたのか、ユーリがいきなり泣きだした。両手両足を振《ふ》り回し、顔を真っ赤にして乳児語で叫《さけ》んでいる。ご機嫌《きげん》をとろうと膝《ひざ》の上で揺《ゆ》らしてはみるが、子供は泣きやむ気配もない。

「ああ、すまなかったな小さなお嬢《じょう》ちゃん。ほらお前等、ベビーシッターと児童局員なんだろう？　子守歌でも歌ってあやしてやれや」

車好きではない者を苛《いら》つかせるように、拡声器が警部補の声をぶつけてくる。

『はちじゅいちー、トミー、はちじゅにー、タッカーラー、はちじゅにー、バーンダーイ』

既《すで》に人間の乗れるサイズではなく、しかも八十二を二回数えた。

「あーうぉううぉう、あーうぉううぉう」

モンデミールはすごい泣き声に困り果て、隣《となり》にいる青年に救いを求めた。

「どうしよう、この子の両親は日本人よ。日本語の子守歌を知っている？」

「俺が？　まさか。俺がこの世界の……あー、日本語の童謡《どうよう》に詳《くわ》しいわけがないだろう」

「なんだよ子守歌も知らねえのかよ!?　赤ん坊なんだから言葉なんか判んねーでもいいんだよ。しょーがねえな、ちょっとおれに貸してみろ、要はメロディーとリズムと心音……」

ショットガンを床《ゆか》に投げ出したテーラーが、ユーリを抱こうと腰《こし》を浮《う》かせた直後だった。

ほんの半拍《はんぱく》前まで男の寄り掛かっていた柱がへし折れた。壁《かべ》とウィンドウを突《つ》き破って、ツートンカラーのパトカーが突っ込んでくる。

「うおお何だぁ⁉」

轟音《ごうおん》と共に屋根が崩《くず》れてきた。

モンデミールは悲鳴をあげ頭を覆《おお》い、少しでも横へ逃《のが》れようと身を捩《よじ》った。

商品が棚《たな》から雪崩《なだ》れ落ち、天井《てんじょう》からは建材の欠片《かけら》が降ってくる。膝の上の子供を守ろうと腰を折るが、ふと気付くとぐずっていた赤ん坊《ぼう》の重さがない。

「ゆーりたん⁉」

黒い髪《かみ》、黒い眼《め》の赤ん坊は、硝子《ガラス》と缶詰《かんづめ》、シリアルの箱の散らばる床を、笹舟《ささぶね》に乗ったみたいに滑《すべ》っていた。どの障害物も彼を止めてくれない。

闇《やみ》色の瞳《ひとみ》を呆然《ぼうぜん》と見開き、硬直《こうちょく》したように両拳《りょうこぶし》を握《にぎ》り締《し》めている。

「ゆーりたん！」

小さな身体《からだ》の流れる先に、千切れた電線が落ちてきた。地面に当たって跳《は》ね返り、青い火花が飛び散った。あれに触《ふ》れたら一瞬《いっしゅん》でアウトだ。元々小規模な店舗《てんぽ》だから、あっという間に距《きょ》離《り》も時間もなくなる。

「ゆー……」

モンデミールは思わず目を閉じて顔を背けた。

「ユーリ！」

床に身体を投げ出し両腕《りょううで》を伸《の》ばしたコンラッドは、あと数センチの所で幼い身体を掬《すく》い上げた。そのまま胸に抱《かか》え、瓦礫《がれき》の多い方へ転がる。

ほんの二秒後に、コンクリートの屋根が落ちてきた。女の悲鳴と鉄の箱の潰《つぶ》れる音が響《ひび》いた。店は完全に倒壊《とうかい》している。

「……陛下?」

背中に当たる破片が疎《まば》らになった頃に、コンラッドはようやく息をついた。顎《あご》に触れるふわふわしたものが僅《わず》かに動く。慎重《しんちょう》すぎるくらいにゆっくりと顔を上げると、周囲は灰色の塵《ちり》に覆われ、昼か夜かも判らないくらいに霞《かす》んでいた。

「陛下……よかった、ご無事ですね」

胸に抱《だ》いていた赤ん坊は、まだショックから抜《ぬ》け切れていないようだった。ぎゅっと握った両手は前にいる大人の服を掴《つか》み、小さな口は半分開いたままだ。

黒い大きな眼を数回瞬《またた》かせ、喉《のど》の奥で低く咳《せき》をする。

「……あー」

「大丈夫《だいじょうぶ》です」

まるでその言葉を待っていたみたいに、ユーリは力の限り泣きだした。

「ああ、もう大丈夫ですから、そんなに泣かないで」

安堵《あんど》と喜びで目頭《めがしら》が熱くなるのを感じながら、コンラッドは子供の身体を抱き締めた。腕《うで》の中で震《ふる》え、叫ぶ生命は、柔《やわ》らかく、涙《なみだ》がでるほど温かい。

彼は確かに此処《ここ》にいた。この腕の中に。あの日、雲に隠《かく》れた太陽の位置を目で探し、天に掲《かか》げて祈《いの》った完璧《かんぺき》な球体。あのときはまだ誰《だれ》のものでもなかったが、今は確かにこの方の魂《たましい》だ。

「……あなたのものです」

コンラッドは額にそっと唇《くちびる》を寄せた。

「いずれ、この世のすべてがあなたのものになる」

その日まで。

「どうぞ健《すこ》やかに……そしてこの先の何年かが、あなたにとって幸いな日々でありますように」

いずれ誓《ちか》う言葉を赤く染まった耳に囁《ささや》きながら、ウェラー卿《きょう》は子供の身体を優しく揺すった。

先ほど道端《みちばた》で聞いたばかりの歌を、低く、彼のためだけに唄《うた》う。

この国の歌だ、詞もところどころ定かではない。ただ弦楽器《げんがっき》に合わせた旋律《せんりつ》が、人の心をうたっているのは判った。

泣きやまぬまま声が掠《かす》れたが、疲《つか》れたのか安心したのか、やがてしゃくり上げるだけになる。

折れた支柱を屈《かが》んで避《さ》けて、モンデミールが奥を覗き込んだ時には、赤ん坊はすっかり機嫌を直し、思い出したように軽く鼻を鳴らすくらいだった。

「よかった……ゆーりたんは無事ね？」

「ああ。けどそちらは元気でもなさそうだな」

彼女は額を大きく切っていた。流れる血が目に入るのを、赤く染まったハンカチでどうにか押さえている。

「大丈夫、そんなに深くないから。それより今はゆーりたんのご家族にどうやって詫《わ》びるかで頭がいっぱいよ……とんでもないことを……本当に取り返しのつかないことをしてしまったワ……どう言って許しを請《こ》えばいいか、仕事を辞《や》めるくらいで赦《ゆる》してもらえるかどうか……」

「ただ謝ればいいと思うよ」

流血の事態を見せまいと、コンラッドはユーリの目を塞《ふさ》いだ。

「ただ心から謝れば、きみの誠意は通じると思うよ。彼等は過ちを無闇《むやみ》に咎《とが》めるような人達じゃない。子供を想《おも》えばこその行動と知れば、きっと理解してくれるはずだ。さあ」

「なあに?」

「きみが抱いたほうがいいだろう」

額の血が大方拭《ふ》き取られてから、彼は小さく強く温かい赤ん坊の身体を、モンデミールの腕にそっと委《ゆだ》ねた。そして離《はな》れ難《がた》そうに黒い瞳の涙を拭《ぬぐ》い、異なる言語で囁いた。

「忘れてください、今日のことはすべて忘れて。こんな恐《おそ》ろしいことを覚えていてはいけない。あなたが成長し、あなたの国に還《かえ》る日まで、どうか健やかに、傷つくことのありませんよう」

若いソーシャルワーカーは、この子の生まれは何処なのだろうと考えていた。耳にしたことのない響きの言葉が、いくつも贈《おく》られていたからだ。

「ではまた……眞魔国でお逢《あ》いしましょう。私の……我等が民《たみ》の待ち焦《こ》がれる双黒《そうこく》の魔王《まおう》」

けれど本当は、髪や瞳の色などどうでもいい。

「必ず……いらしてくださいますね？」

コンラッドが濡《ぬ》れた頰《ほお》に掌《てのひら》を当てると、ユーリは彼の小指を握った。

真剣《しんけん》な約束を交《か》わすように。


ミス・モンデミールはぐらつく膝《ひざ》を堪《こら》えて瓦礫の外に出た。

「ゆーちゃん⁉」

へし曲がったシャッターをこじ開けようとしていた渋谷夫人が、愛する息子《むすこ》の名前を叫《さけ》んで走ってくる。早くも寝息《ねいき》をたて始めた赤ん坊を、母親はやっと取り戻《もど》した。泣き腫《は》らした眼の赤さを見ると、モンデミールの胸はひどく痛んだ。

「あの、私、本当に……取り返しのつかないことを……」

「ありがとう！　貴女《あなた》が警察から守ってくれたのね⁉」

「そう警察に……はあ？」

自分の罪に対しいきなり礼を言われたので、モンデミールは困惑《こんわく》した。興奮気味の渋谷夫妻の説明によると、家族の反対を無視した警察が、早期突入《とつにゅう》早期解決を強行したらしい。夫妻は警部補をぶったり蹴《け》ったり説得したりして止めたのだが、それを振《ふ》り切ってパトカーに乗り込んだ警部補が、勢い余って店舗《てんぽ》に突《つ》っ込んだらしい。

モンデミールが首を廻《めぐ》らせると、揉《も》みあげを膨《ふく》らませた警部補が、ケツだけはみ出した警察車輛《しゃりょう》に押し付けられていた。生真面目《きまじめ》そうな制服警官に、後ろ手に手錠《てじょう》をかけられているところだ。

「警部補、スピンターンを失敗しましたね？」

「違《ちが》うぞ巡査《じゅんさ》、アクセルとブレーキを間違《まちが》えたんだ。それにしても巡査、どうして私は運転が苦手なんかなあ。こんなに車好きなのに」

彼等の会話をちょっとだけ見守ったが、すぐに話題は息子に戻る。

「ああやっぱりアメリカの警察は恐ろしいわ！　息子を守ってくれて、本当にありがとう、揉んでみるさん！　貴女はゆーちゃんの生命の恩人よ」

「いいえ、お宅のベビーシッターが……」

「ベビーシッター？　うちは子守《こもり》なんか雇《やと》っていないわよ。それよりあなた、あなたのおでこも酷《ひど》いわ。救急車に乗る？　歩いたほうが断然早いけど」

それきり日本人の親達は、初めての大冒険《だいぼうけん》を立派に切り抜けた息子に夢中になってしまった。

モネ・モンデミールが額の傷にハンカチを当てていると、救急隊員がストレッチャーを押してきた。前を通り過ぎる時に覗《のぞ》き込むと、銀色のパイプの中央にはヨナサン・テーラーが寝《ね》かされていた。手足を瓦礫《がれき》で潰《つぶ》されたらしい。唯一怪我《ゆいいつけが》のない左手首は、ストレッチャーに手錠で繋《つな》がれていた。無理もない、誰《だれ》一人傷つけなかったとはいえ、彼はコンビニ立て籠《こ》もり犯だ。

病院の通用口に転がされていく男の周りには、望みどおり各テレビ局の取材記者が張りついている。だがその人垣《ひとがき》の最前列にいたのは、連邦軍《れんぽうぐん》制服組だった。運の強いことに三人とも怪《け》我《が》一つない。

「日本のマンガを輸入するだぁ!?」

テーラーの困惑した声が響《ひび》く。

「そうだよヨナさん。ヨナさんて呼んでいいかな。マンガだけじゃない。アニメ関連のグッズやビデオも揃《そろ》えるんだ」

「きっとまた子供達が集まる本屋さんになるよ。きみの店はボストンのアキハバラになるんだ!」

「大きいお友達も集まると思うよー」

ヨナサン・テーラーは動くストレッチャーから上半身を起こし、人質《ひとじち》にしていたはずの連中に向かって怒《ど》鳴《な》った。どうして三人がこんなに嬉《うれ》しそうなのかは、当然理解できていない。囲まれて逃《に》げられないテーラーは、殆《ほとん》ど人質同然だ。

「あのな、おれにゃあこれから長い長い刑務所《けいむしょ》暮らしが待ってんだ。そんな再建案持ち掛《か》けられたって、今更《いまさら》どうにもなりゃあ……おい、おーい、ねーちゃん」

モンデミールを見つけると、パイプに固定されたテーラーは膝を立てて起きあがろうとした。

「子供は大丈夫《だいじょうぶ》だったか？」

「ええ」

「そりゃよかった！」

白く固い布の上に、音を立てて背中を預ける。三人がすぐに取り囲み、書店主の説得を再開した。

「長い長い刑務所暮らしなんて今から言ってないで。まだ裁判はこれからなんだから。無罪とまではいかないけど、我々はきみよりも警察に酷い目に遭《あ》わされたんだ。全員そう証言するし、残された弟さんの書店経営の助けになりたいんだ」

「ね？　だからジャパニメーショングッズを入荷しようよ」

「資金の融資《ゆうし》先もうちらが探すから」

「今、誰《だれ》か融資とおっしゃいました？」

相当離れていたにもかかわらず、渋谷家大黒柱の渋谷勝馬が、よく利く鼻をひくつかせた。

「誰か融資を求めてるのかー？　相談に乗る、渋谷勝馬が相談に乗りますよ」

息子を抱《だ》いた妻の後を追いながら、迷える事業家達を探している。

モンデミールは額に手をやって、乾《かわ》きかけた血の塊《かたまり》にそっと触《さわ》った。年輩《ねんぱい》の看護師が近づいてきて、彼女の肩《かた》を叩《たた》く。

「さ、あなたも傷の治療《ちりょう》をしましょう。他《ほか》の人は皆《みな》もう病院に行ったわ」

「……彼はどこ？」

「彼って誰のことかしら。怪我人はあなたで最後よ」

モンデミールは駐車場《ちゅうしゃじょう》中を見回し、茶色の髪《かみ》とストライプのシャツを捜した。

「先に病室に向かったのよ、きっと」

「嘘《うそ》よ、ここを通らなかったワ。彼はどこ⁉　赤ちゃんを助けた人よ！」

見物人はかなり増えていたが、コンラッドの姿は見つからなかった。

その代わり、円の外で見守る人々の中に、サンタクロースは六人いた。

「おれ、あんたとどっかで会ってるかな」

少し考えてから、コンラッドは首を横に振った。

「いや」


昼間の会話を思い出しつつ、ユーリは石造りの浴室で身体《からだ》を伸《の》ばしていた。二日ぶりの風呂《ふろ》は貸切どころか個人専用で、浴槽《よくそう》は水泳の記録が計れそうに広い。

「やっぱそうか。そりゃそうだ。おれに外国人の知り合いがいるわけが……ていうかここ、地球上じゃないらしいし。悪魔《あくま》や魔族とは普通《ふつう》ご縁《えん》がないもんなぁ」

神様とも縁がなかったけどと呟《つぶや》きながら、ユーリは鼻の下まで湯に沈《しず》んだ。

「誰か入ってる？　ああその歌は……コンラートね？」

扉越《とびらご》しの女性の声に、鼻腔《びこう》から水を吸いかける。

「らぶみーなんとかって歌でしょう。あたくしもその曲は好き。でも異国の言葉で歌詞が判《わか》らないのよねえ……あら?」

　ユーリが入ってきたのとは逆の入り口から、バスタオルを巻いただけの女性が姿を現した。女子、ではない、女性だ。腰《こし》まである金色の巻毛が、セクシーな女性は、ユーリからほんの一メートルのところに胸までつかった。

「ああああああの、こここ混浴だとは聞いてなくてっ」

「いーえぇ、いいのよぉ。ここは魔王《まおう》陛下だけのお風呂ですものぉ。あたくしはちょっと、いつもの癖《くせ》で入ってきちゃっただけ。それに陛下が同じ曲を唄《うた》ってらしたから、息子《むすこ》と間違えてしまったの。お気になさらないで、新王へ、い、か。ね、あなたが新王へいかなんでしょ?」

　脳天から桃《もも》色の湯気でも噴《ふ》きそうな顔になって、ユーリは口をパクつかせた。

「息子さんとは一緒《いっしょ》に入るんですか!?」

　セクシークィーンは意味深長な笑《え》みを浮《う》かべ、細い指先で健全少年の肩を撫《な》でた。

「よろしければ陛下も洗ってご覧になる? うふふ、なんて可愛《かわい》らしい御方《おかた》なのかしら。さっき唄われていたお声もとっても素敵《すてき》だったわ。そうねぇ、若くて蒼《あお》くて張りがあって……官能的?」

「あああああれは鼻歌だったのですが、ということはおれは鼻声がかかかかんかんかんかん」

　彼女は壊《こわ》れた蓄音機《ちくおんき》みたいになっているユーリを眺《なが》めて笑った。

「くす……かーわいいぃ」

その瞬間《しゅんかん》、ユーリは、泣き声とも悲鳴ともつかない叫《さけ》びを残して走りだしていた。とりあえず腰にタオルを巻いて、扉を蹴倒《けたお》して逃げてゆく。ツェツィーリエは浮かんでいた黄色いアヒルを拾い上げて呟いた。

「何度でも、逢《あ》うことになると思うわ。あたくしの大切な、可愛いひとたち」

弟

弟なんて本当につまらない。

小さい頃《ころ》はどこへ行くにも後をついてきたのに、小学校に上がった途端《とたん》、今日からおれは自立しましたって顔をする。どんなに言い聞かせても計画どおりには育たないし、爆裂《ばくれつ》シェフぶりを発揮して、激辛《げきから》料理を食べさせてくれることもない。

それにいくら頼《たの》んでも、決しておにいちゃんと呼んでくれない。

1

世間では新学期も始まった九月の半ば、渋谷《しぶや》家長男である渋谷勝利《しょうり》は蝉《せみ》の声で目を覚ました。枕元《まくらもと》に置かれたキャラクター物の時計は、午後一時半を指している。窓の外では暑さにめげない小学生が奇声《きせい》を発し、塀《へい》にボールを蹴《け》りつけていた。

階下にいるはずの母親は、昼を過ぎても息子《むすこ》を起こしにもこない。エアコンを効かせたリビングで、二時間ドラマの再放送でも視《み》ているのだろう。

どんなに自堕落《じだらく》な生活をしていようとも、夏休み中の大学生には関心も示さない。視界の端《はし》で動くものがあると思ったら、パソコンのスクリーンセイバーだった。買ったばかりのゲームソフトを朝方までプレイしていたのだ。

「……やべ……」

そういえば電気もクーラーもそのままだ。こんなところを弟に見られたら、何を言われるか判《わか》ったものではない。今日は土曜日だから、早ければそろそろ帰宅する頃だろう。

渋谷家次男の有利《ゆーり》は健康優良高校生なので、滅多《めった》に学校を休まない。殆《ほと》どの場合きちんと定時に起床《きしょう》し、どんなに暑かろうが朝食をしっかり摂《と》って登校する。身体《からだ》が冷えるからとエアコンを嫌《きら》い、身体がなまるからとバスや電車を避《さ》ける。

今時あんな高校生は滅多にいない。珍《めずら》しいほどの脳味噌《のうみそ》筋肉族だ。

だからというわけではなかろうが、お約束どおり勉強は苦手だ。毎年、夏休みの終わりには、溜《た》めるだけ溜めた宿題に頭を抱《かか》え、兄に罵《ののし》られながら徹夜《てつや》をすることになる。

ところが、今年は違《ちが》った。

高校に進学した弟は、生まれて初めて家族に頼《たよ》らず八月を乗り切った。聞くところによると中学時代の友人の手を借りて、宿題を全部片づけたらしい。

なんということだ！　困ったのは家族のほうだった。これでは九月を迎《むか》えた気がしない。夏が終わったのだという実感が湧《わ》かないではないか。

「……今日って、九月……何日だったっけ」

情けない疑問を口にしながら、渋谷家長男・渋谷勝利はベッドから身を起こした。

小中高校生の夏休みが終わった今、臨時雇《りんじやと》いの塾《じゆく》講師のバイトもない。眼鏡《めがね》を求めて枕元を探《さぐ》りながら、下着に手を突《つ》っ込んでぼりぼりと掻《か》いた。ご近所の皆《みな》さんにはとても見せられない姿だ。

この家で唯一《ゆいいつ》の女性である母親の口癖《くちぐせ》は、昔から「男の子なんてほんとにつまんない」だった。だが最近、拗《す》ねたようなその言葉が、自分に向けられることはなくなってきた。こと長男に関しては、夢も希望もなくしたらしい。

小中高通して成績優秀《ゆうしゅう》、ご近所でも評判の優等生で、期待どおりに一橋《ひとつばし》大学現役合格。視力は悪いものの見た目も中の上クラス、尊敬する人は石原慎太郎《いしはらしんたろう》と公言してはばからない渋谷勝利の実態は、家族の者しか知らないのだ。

友人知人には内緒《ないしょ》でギャルゲー批評サイトを立ち上げていたり、好みのタイプはレニ・なんとかシュトラーセだったり、下着は全《すべ》て母親が買っていたり、仮免《かりめん》試験に二回失敗していたりという渋谷勝利の暗黒面は、決して他人には漏《も》らせぬ秘密である。心酔《しんすい》する石原慎太郎都知事に倣《なら》い、将来東京都を背負って立とうという逸材《いつざい》には、あってはならない過去なのだ。

あってはならない過去といえば……。

「あーん誰《だれ》だ、くそ重いファイル付けて……」

メールボックスをチェックすると、久しぶりの相手から連絡《れんらく》が入っていた。どうせまたいつもの文句だろう。頻繁《ひんぱん》に住まいを替《か》えるアメリカ人は、現在アリゾナに滞在《たいざい》中らしかった。

その年の夏、男子三人、女子一人の渋谷家は、思ってもいなかった海外生活を余儀《よぎ》なくされていた。

一家の大黒柱であるウマちゃんこと渋谷勝馬《しょうま》が、三ヵ月間のニューヨーク勤務を申し渡《わた》されていたからである。

「だからどうしてニューヨークなの？　住み慣れたボストンじゃなくて大都会ニューヨークだなんて、会社のイヤガラセとしか思えないっ」

「なんで嫌《いや》がらせだよ。自由の女神《めがみ》ですよ？　テキサスとかアラスカなら嘆《なげ》くのも判るけど。摩天楼《まてんろう》ですよ、マンハッタンですよ、しかも」

渋谷家妻女、渋谷美子《みこ》の剣幕《けんまく》に圧倒《あっとう》されて、勝馬は野球場が二ヵ所もあるという言葉を呑《の》み込んだ。

「……本場のミュージカルを観《み》放題」

「まー驚《おどろ》いた。このあたしにミュージカル！　よりによってこのテキサスチェーンソージェニファーにミュージカルを観ろというのね。いいわよ、じゃあ訊《き》くけど、お薦《すす》めは何？」

「……キャッツ、とか」

「断然、犬派」

「レ・ミゼラブルとか」

「ジャベール警部派」

「ジーザス・クライスト・スーパースターとか」

「生まれたときから仏教徒」

密《ひそ》かに「南太平洋」のファンだった夫は、それ以上お薦め作品を並べるのをやめた。

「じゃあ現地ならではのスクールに通ってみるとか」

「現地ならでは？　ちょっとここ押さえてて頂戴《ちょうだい》。ぎゅっとよ、緩《ゆる》んだら目も当てられないんですからねっ。例えばなーに、ジャズとか？」

「ゴスペルとか」

「あたしの歌唱能力に喧嘩《けんか》売ってるのね。ええそうね、スクール。三ヵ月もあるんだもの、それもいいわよね。あたしもちょっと考えたわ、この際、カポエラをマスターしようかと」

それはブラジルの武道だろう!?　妻がいっそうビルドアップするのを想像して、渋谷勝馬は内心震《ふる》え上がった。息を詰《つ》めて帯を締《し》めている彼女は、傍《はた》から見ればとても淑《しと》やかそうだ。だがその実態はフェンシングの国体出場選手で、学生時代は横浜《ハマ》のジェニファーの通り名で鳴らした猛者《もさ》である。猛者である猛者である猛者である……リフレインが叫《さけ》んでる。

その妻が、あろうことかカポエラまで修得し、家庭内で披露《ひろう》したらどんなことになるだろうか。それでなくとも深夜、ひっそりと、鉄アレイを上げ下げしている嫁《よめ》だ。自分のブルース・リー検定七級では箸《はし》にも棒にもかかるまい。

「やめだやめ、やっぱりスクールは却下《きゃっか》だ！　では大サービスでショッピング。今月だけはカード使い放題、行ってらっしゃい五番街」

本気で浪費《ろうひ》されたら手痛い出費だが、この際贅沢《ぜいたく》は言っていられない。何しろ午後からは上司の開くパーティーが待ち受けている。ここで女房《にょうぼう》のご機嫌《きげん》を損《そこ》ねたら、パートナーなしで出席する羽目になる。

日本生まれの日本育ちである彼等夫妻は、欧米《おうべい》文化特有のこの集まりが大の苦手だった。特に人種差別や嫌がらせに遭《あ》ったわけではない。だが、気の利《き》いた冗談《じょうだん》の言えない夫にとっては居心地《いごこち》が悪く、行く先々で「オー、ビューティフルキモーノ、ゲイーシャ、ヤマトナデシコネー」を連発される妻のほうも、帰る頃には爆発《ばくはつ》寸前だった。

勝馬は心の中だけで叫んだ。皆《みな》さんが大和撫子《やまとなでしこ》と呼ぶご婦人は、今まさにカポエラを修得しようとしているぞー。寧《むし》ろニンジャとかサムライに近いのではなかろうか。

とはいえ、同伴者《どうはんしゃ》もなく出席すれば、既婚《きこん》男性としてはいい笑いものだし、社内ではまたまたゲイ疑惑《ぎわく》がたってしまう。密かに回ってきたメモで、女装サークルに誘《さそ》われたときには本当に困った。参加しないから！　内なる自分を解放するセミナーにも、六月末のパレードにも参加しないから！

「よーしもう今月はローンのことなど考えずに、俺のアメックスをひーひー言わせておいで」

美子はちらりとこちらを窺《うかが》ってから言った。

「それはもう、初日で飽《あ》きちゃった」

「なに？　初日で？」

「だって子供服の品揃《しなぞろ》えがあんまり良くないのよ。せっかくブランド物の可愛《かわい》い服を試《ため》すチャンスだったのに、黒とか茶とかシックな物ばっかりで。ゆーちゃんにはもっと明るくて華《はな》やかな色が似合……」

「なにーっ!?」

勝馬は隣《となり》の寝室《しんしつ》の扉《とびら》を開けた。嫌な予感がする、とても嫌な予感がする。

あと一ヵ月で四歳になる次男坊《じなんぼう》、有利は、今がまさに可愛い盛《さか》りだ。反抗《はんこう》もしない、悪口も言わない、誰かを白い眼《め》で見たりもしない。長男の勝利のときと比べると多少おばかちんだが、幼いながらも運動神経が良く、バランス感覚には優《すぐ》れている。喋《しゃべ》るのは遅《おそ》かったが歩くのは早かったし、何より勝馬の遺伝子を受け継《つ》いで、三歳にして早くも野球好きだ。

昨夜も買ったばかりのヤンキース・ユニフォーム型パジャマを着せてやったところ、幼児らしからぬ高鼾《たかいびき》で熟睡《じゆくすい》していた。どうやら着心地が良かったらしい。ピンストライプの布地の下で上下する腹を見ながら、親父《おやじ》は満足して頷《うなず》いた。

うん、似合う。この子はきっと将来プロ野球選手になるぞ。

嫁さんは呆《あき》れ返った顔で言った。

「じゃあウルトラマン変身パジャマが似合ったら、ゆーちゃんは将来ウルトラマンになるの？」

「なるわけないだろ。夢みたいなこと言うなよ」

だがその時、勝馬は失念していた。次男坊が父親の夢実現の道具であると同時に、妻のお気に入りでもあるということを。

「あーっ!」

寝室では二人の息子《むすこ》達が、仲良くケーブルテレビを視《み》ていた。次男の有利は兄の膝《ひざ》の間に収まり、クッキーを貪《むさぼ》る青いマペットを笑っている。五歳年上の長男の膝頭《ひざがしら》を摑《つか》み、テレビを指差してご機嫌だった。

短期海外勤務に日本から同伴《どうはん》した幼い子供達が、ニューヨークのアパートメントホテルの寝室で無邪気《むじゃき》に笑っている。実に微笑《ほほえ》ましい光景だ。だが問題は次男の服装だ。

「ゆ、ゆーちゃーん、かーわいいーっ、じゃなかった、何着てるんだーっ!?」

もうすぐ四歳の末息子は、濃紺《のうこん》の膝丈《ひざたけ》のワンピースに真っ白なエプロン、短い髪《かみ》を無理やりパウダーブルーのリボンで結び、お揃《そろ》いのレースの靴下《くつした》という恰好《かっこう》だった。

「スカート、そりゃスカートだよなっ!? よ、よよ嫁さーん、小さい頃《ころ》にこんなもの着せて、ゆーちゃんが女装好きになっちゃったらどうしてくれるんだー!?」

弟の手首を握《にぎ》って動かしながら、勝利が「またかよ」という顔をした。画面では世界各国の子供達が、アルファベットの形を真似《まね》て踊《おど》っている。

「幼児の前で大声出さないでよ」

「あ、ごめん。パパが悪かった」

どの先祖からどんなDNAが紛《まぎ》れ込んだのか、長男は異様にお利口さんだ。よく末は博士か大臣かと言うが、勝利の場合はまさにそのコースだろう。

「ぼくは着ているもので人を判断するのもよくないと思うよ」

「はっ、そりゃもう仰《おっしゃ》るとおりなんですが……待て。待て待て、しょーちゃん。これはパパとママの問題だからな。ちょっと嫁さん、ジェニファー、じぇーにーふぁーっ」

多少おばかな当事者は、リビングに戻《もど》る父親の剣幕《けんまく》に驚きながらも、きょとんとしたままで両手を高く上げていた。

「………？」

「いいんだよゆーちゃん。おとーさんとおかーさんの問題だってさ。夫婦《ふうふ》間の話し合いに子供が首を突《つ》っ込むと、ろくなことにならないからね」

三歳児が画面を指差して歓声《かんせい》をあげる。

「ぶーい！」

「うんそう、ブイだね。おにいちゃんのお名前、ビクトリーのVだよー」

「びくとりー！」

「そう。ゆーちゃんはアドバンテージ」

「あど……」

「まだ言えないかなー」

有利はちょっとだけ、おばかちんだった。

夫婦間の些細《ささい》な諍《いさか》いは、ドアベルが元気よく鳴るまで続いた。

ただでさえ気の進まない集まりなのに、ますます出掛《でか》けるのが嫌《いや》になってしまう。リビングを突っ切り、ドアに向かいながら、勝馬は吐《は》き捨てるように言った。

「髪は絶対に上げたほうが似合う！　項《うなじ》が見えてるほうがぜーったいに美人だって。俺の秘蔵の野球カードを賭《か》けてもいい……はい？」

チェーンを掛けたままドアを細く開けると、見知らぬ男が満面の笑顔《えがお》で立っていた。見たこともない制服を着ている。ホテルの物にしては色が明るすぎる。警備員だろうか。だったらその白いスパッツはどうなの。

「ミスター・シブヤでいらっしゃいますか」

いきなり敬礼された。

「は、はあ、うちは渋谷ですけど。本日はどういったご用向きで？」

ボーイスカウトやガールスカウトの募金《ぼきん》集めなら、もっと可愛い少年少女でないと。

「自分はニューヨーク支社から派遣《はけん》されたベビーシッターでありますッ」

「ああ、ベビーシッターさんかぁ」

差し出された紹介状《しょうかいじょう》を確認《かくにん》しながら、勝馬はドアチェーンを外した。ＩＤにも確かに会社名と所属、男の氏名が書かれている。

マシュー・オールセン、二十六歳、保育士。

「……保育士……」

「資格を取得して三年になりますッ。あっこの制服は幼児と仲良くなるためのコスチュームでして、よく黒い三連星と間違《まちが》われますが、自分は連邦《れんぽう》の人間でありますッ」

「連邦の人間？」

はて？

渋谷勝馬は夫婦喧嘩《げんか》中で熱くなった頭を悩《なや》ませた。合衆国連邦の正式な市民という意味だろうか。まあいい、ニューヨーク支社にベビーシッターの派遣を頼《たの》んでおいたのは事実だ。次男はともかく長男は親よりも英語が堪能《たんのう》だから、日系人でなくとも問題はないだろう。

「まあ入っ……」

男が入れるように扉を引いてやる。すると。

「ハロー、ミスター・シブーヤ」

「えっ」

もう一人、同じ制服の男が現れた。名乗ったマシュー・オールセンよりも更《さら》に大きく、顔半分に茶色の髭《ひげ》を蓄《たくわ》えている。熊《くま》系だ。差し出す身分証も先程《さきほど》と同じで、太字で保育士と書かれている。

「自分も社の方から派遣されたベビーシッターでありますッ。黒い三連星と間違われますが、正しく連邦の人間でありますので」

「二人も頼んだ覚えはないんだが」

「どうしたのー？」

バトルを中断され、尚《なお》かつ帯がきつくて不機嫌《ふきげん》な美子が、足どりも荒《あら》くやってくる。

「いや何か、子供が二人だから、担当者が気を利《き》かせてくれたみたいで」

そう思いつつも勝馬がいっそう扉を開くと、そこには半ば予想していたとおり、三人目が直立不動で敬礼していた。今度の男はあり得ないようなピンクの制服で、胸元《むなもと》に可愛らしくスカーフをあしらっている。でも自由臑毛《すねげ》主義。逆効果だ。

「さ、三人も来ちゃったよ」

「ハーイ、ミスターアンドミセス・シップーヤ！　自分は社の方から派遣されたベビーシッターで、よく黒……」

「くどいっ！」

虫の居所が地獄《じごく》の四丁目の美子は、男の鼻先で乱暴にドアを閉めた。

「……三連星と間違われますが……」

三人目は部屋に入る前に撃墜《げきつい》されてしまった。

「どうしてベビーシッターさんが二人も来るの!?　しかもこんな怖《こわ》そうなおっさんなの!?」

「おっさ……待てよ、海外で子供が人見知りしないように、親の年代に合わせてくれたのかもしれないだろう」

「失礼ね！　あたしがこんなおっさんだとでも言うの!?」

「いや嫁《よめ》さんはおっさんなどではないけれども」

マシュー・オールセン保育士は二十六歳だった。

どうやら今は箸《はし》が転んでも怒《いか》り狂《くる》いたい状態らしく、渋谷美子夫人は結い上げかけていた髪を振《ふ》り乱して夫に迫《せま》った。

「んもぉー、いやんなっちゃう！　だからあたしニューヨークなんてついてくるの嫌だったのよ！　大体ねえ、クラス替《が》えしたばかりのしょーちゃんをお休みさせてまで、家族を連れてくる意味がどこにあるっていうの？　これが切っ掛けで帰国してから仲間外れにされて、登校拒《きょ》否《ひ》にでもなっちゃったらどう責任とってくれるの!?」

「お前それは家族は一緒《いっしょ》にいてこそだって、結婚《けっこん》前にも散々言ってたじゃな……」

「あたしの後ろに立たないで！」

子供達が遊ぶ寝室《しんしつ》に戻りながら、妻は夫の眼前に指を突きつけた。垂れ気味の両目がいっそう怯《おび》える。大和撫子《やまとなでしこ》は夫に目潰《めつぶ》しを喰《く》らわせようというのか。

「それから、あたしを、お前と、呼ばないで」

「す、スミマセン」

両手を上げて大人しくなった夫に背を向けると、美子はクローゼットからトランクを引っ張り出し、身の回りの物を次々と詰《つ》め込み始めた。まずい、これは「実家に帰らせていただきますinUSA」だ。自由の女神《めがみ》のお膝元《ひざもと》から、異国情緒漂《ただよ》う横浜まで。

「悪いけど、あたしたちは先に帰国させていただきます」

「いきなり帰国って、そんな身勝手な！　だったら午後のパーティーはどうなるんだよ。上司の誕生日と上司の息子のカミングアウトなんだぞ⁉　何を公《おおやけ》にするのかは知らないけど、取引先のお偉《えら》いさんも何人も来るんだぞ」

「あぁら」

長男の膝に挟《はさ》まったままの次男坊《じなんぼう》が、テレビ画面を指差してまた笑った。周囲の喧噪《けんそう》に動じない子だ。大きな鍵盤《けんばん》の上を飛び回り、音を出すシーンがお気に召《め》したようだ。映画専門チャンネルに変えたのだろうか。

「ショーマさんはあたしたち家族よりも、お仕事の方が大切なのね」

「ううっ」

しまった。女房《にょうぼう》が改まって夫の名を呼んでいる。怒《いか》り心頭《しんとう》に発したのだ。

「そうね、ショーマさんは国際的銀行マン、略してコクギンマンですもんね。あーら違《ちが》ったかしら、グローバル銀行マン、略してグロギンマンだったかしらー？」

大きいサイズの蜻蛉《とんぼ》みたいな横文字職業を与《あた》えられて、夫も少々カチンときた。

「ああそうですよ、俺はグロギンマン。世界金融《きんゆう》の平和を守るため、パソコンと電卓《でんたく》で戦う経《けい》世済民《せいさいみん》戦士グロギンマンです。だがしかし、日本産のグロギンマンが海外経済戦士と渡《わた》り合うにはなあ、パーティー出てくれるパートナーの協力が必要不可欠なんだよっ！　それくらいのことボストンにいた頃《ころ》から判《わか》ってるだろ」

「じゃあご一緒に六月のニューヨークを闊歩《かっぽ》してくれる、芸者グロギンピンクでもお雇《やと》いになったらいいわ」

「……グロギンピンク……」

咄嗟《とっさ》にコスチュームを想像して、渋谷勝馬は視線を泳がせた。

きりっとした眼鏡《めがね》でちょっと化粧《けしょう》が濃《こ》くて、三十くらいのベテラン女性行員なんかどうだろう。融資《ゆうし》相談も任せられる優秀《ゆうしゅう》な窓口係だが、休日は上司のためにパートナーも演じてくれるとか。彼女の仕事には一円どころか一銭のミスもなく、後輩《こうはい》の苦情処理にも手を貸してやる。上司である勝馬が菓子折《かしおり》持って頭を下げに行く回数は、グロギンピンクが配属されてきてから激減だ。手には愛用の電卓と印鑑《いんかん》つきボールペン、膝には冷房病《れいぼうびょう》対策の膝掛《ひざか》け。もちろん普段《ふだん》使いの文房具《ぶんぼうぐ》は、当行のマスコットキャラであるアヒル船長グッズ。

「……いいかも……」

「なんですってーェ!?」

ほんの数秒間の妄想《もうそう》に、現実の嫁さんは烈火《れっか》の如《ごと》く怒《おこ》った。

「ほら見てご覧なさい、しょーちゃんゆーちゃん。いい歳《とし》した大人がエロ妄想に耽《ふけ》ってるわ。恥《は》ずかしいことばっかり考えてると、目が垂れてあーんな顔になっちゃうのよ。あっちょっとしょーちゃん、その映画ダメ、その映画はダメよ。ちゅーのあるテレビはまだ視《み》ちゃ駄目《だめ》って言ってるでしょ」

「おかーさん、ここはニューヨークなんだから。外国の映画は子供向きのでもキスくらいするよ」

長男は興奮状態の両親を交互《こうご》に見た。八歳の児童が完全に呆《あき》れ顔だ。

「なーそうだよな、しょーちゃん。キスシーンくらいどんな映画にも入ってるよな。俺の妄想なんかそれよりもっと些細《ささい》なもんなのにさ。このおばさんはちょっと頭が固すぎるよなー」

「……おばさん？」

妻は手にしていた財布《さいふ》を、夫の足元に叩《たた》きつけた。こめかみに青筋が浮《う》かんでいる。思い出しているのだろう。近所の小学生に初めてオバサン呼ばわりされたあの日を。時の流れって残《ざん》酷《こく》、と枕《まくら》を濡《ぬ》らしたあの夜を。

「……おばさま、じゃなくて、おばさん？」

悔《くや》しがるポイントが常人とは少々違ったようだ。渋谷美子は腰《こし》に手を当てて、ベッドの上で状況《じょうきょう》を見守る子供達に命じた。

「しょーちゃんゆーちゃん、荷物をまとめなさい。それからパパにサヨナラを言うのよ」

「なに!?　なんでいきなりサヨナラなんだッ!?」

「年下の女をオバサン呼ばわりする人よりも、あたしに育てられたほうがこの子達も幸せに決まってます。心の準備はいいかしらショーマさん。今からあたしは結婚以来一度も口にしていなかった言葉を使うわよ」

勝馬は衝撃《しょうげき》に備えて身構えた。どれだどれだ、どれを言うつもりだ？　あなた実はカツラーでしょとくるつもりか？　ジェニファーはすっかり冷静な瞳《ひとみ》で言い放った。

「離婚《りこん》させていただきます！」

なんだ、案外普通《ふつう》だ。

「じゃなくて、ええーっ!?　だ、だからって子供達二人を嫁さんが連れてくってのは違《ちが》うだろう。筋違《すじちが》いだろう。別れたら親権は母親が持つなんてのは、今どき時代遅《じだいおく》れだぞ。俺だってこれまできちんと父親やってきたんだし、け、経済力だってこっちのがあるんだしっ」

「攻撃力《こうげきりょく》と生命力はあたしのほうがあるもの」

「だが回復魔力《まりょく》は俺のほうが……そういう問題じゃなーい！　とにかく、そう簡単に息子《むすこ》達を渡してたまるか。特にゆーちゃんはプロ野球選手という父親の夢が、ぎゅっと凝縮《ぎょうしゅく》された期待の次男坊なんだからな。男のロマンの何たるかを知ろうともしない嫁さんになど、絶対に育てさせてやるもんか。なー、ゆーちゃん」

腰を屈《かが》め、同意を求める父親に、三歳児はわけも判らずにっこりした。そうなると母親も黙《だま》ってはいない。

「そうは問屋が卸《おろ》さないわ、勝手な夢の押しつけはヨシコちゃんよ。ミコちゃんじゃなくてヨーシコチャーンよ。何よ野球野球って。ゆーちゃんにはね、もっともっと無限の可能性があるの。スポーツだって野球だけじゃなくて、他《ほか》に向いてる種目があるかもしれないじゃない。理想と称《しょう》する自らの我《わ》が儘《まま》のために、子供の可能性を摘《つ》むとは許し難《がた》き行い！　その方に真の親たる資格なし！　ねー、ゆーちゃん、大きくなったらどれやりたいー？　フェンシング？　剣《けん》道《どう》？　チャンバラトリオ？」

「チャンバラトリオはスポーツじゃないだろう」

大好きな母親に話し掛《か》けられて、嬉《うれ》しがらない子供はいない。有利はわきゃわきゃと両手を動かし、兄の膝から落ちそうなほど身を乗り出す。

「ほーらね、やっぱりゆーちゃんだって血を分けたママがいいのよねー」

「汚《きたな》いぞ、いくら授乳してたからって！　俺だってでるもんならやってたよっ」

「乳《ちち》じゃなくて血よ！」

「同じようなもんだ。なあ聞いたか、ゆーちゃん。女はな、母性とかお腹《なか》を痛めた子とかすぐ振《ふ》り翳《かざ》すんだぜー？　女ってずるいよなー。親子かどうかってのは、母乳よりも愛情の問題だよなー」

「ずれてるわよウマちゃん。微妙《びみょう》にずれてきてるわよ」

「えっ⁉ 違うって、これは地毛、地毛だって！」

夫婦漫才《めおとまんざい》を繰《く》り広げる両親を後目《しりめ》に、長男は弟を抱《かか》えてベッドから下ろした。手慣れた様子で小さなスニーカーを履《は》かせると、二人でリビングへと避難《ひなん》する。

「行こう、ゆーちゃん。これから修羅場《しゅらば》が繰り広げられるからね」

「しゅらば」

「それは覚えなくていいよ」

2

渋谷夫妻が子供達の不在に気付いたのは、それから三十分間も熱いバトルを繰り広げた後だった。

寝室《しんしつ》のドアを怖《お》ず怖ずとノックして、連邦《れんぽう》の制服姿のマシュー・オールセンが尋《たず》ねる。

「あのー」

「誰《だれ》だっ!?」

先程《さきほど》部屋に入れたベビーシッターだと思い出すまでに、ゆうに十五秒はかかってしまった。

「帰ってこないのでありますけれどー」

「何がだよ」

巨体《きょたい》を震《ふる》わせて戸惑《とまど》っている。

「お子様方が、トイレに行かれたまま帰ってこないのであります」

「子供達が？　二人とも？」

だったらとっととトイレをノックして、居眠《いねむ》りしてないか確かめてくれよ。渋谷勝馬はベビーシッターを小声で罵《ののし》りながら、バスルームのドアノブを摑《つか》んだ。停戦状態の妻もついてくる。

「大変、水洗トイレに流されちゃってたらどうしよう」

「ばかなこと言ってんなよ。どこの世界に洋式便器から流される子供が……いないじゃないか」

バスルームには鍵《かぎ》も掛かっていなかった。抵抗《ていこう》なく開いた扉《とびら》の向こうには、長男の勝利も次男の有利もいない。念のため水色のシャワーカーテンを捲《まく》ってみたが、バスタブの中にしゃがみ込んでもいない。

「あっ、そこにトイレットがあったのでありますかッ!?」

二人組のベビーシッターは、こりゃあ一本とられたという顔をしていた。渋谷夫妻は眉《まゆ》を顰《ひそ》めた。ホテルの部屋にユニットバスがついているのは当然のことではないか。まったくアメリカ人は何を言いだすのか判《わか》らない。

「いえ、自分等が通常宿泊《しゅくはく》する場所は、トイレとシャワーは共用だったものですからでありますっ」

バス・トイレ共同使用？　一体どんなクラスの宿に泊《と》まっているのだ。今どき日本の民宿だって、トイレくらいは部屋に付いているものだが。だいたい洗面所が室外にあったら、深夜にもよおしたときに中腰《ちゅうごし》で廊下《ろうか》を歩かなきゃならなくて面倒《めんどう》じゃ……。

そこまで想像してから夫は気付いた。

「待て、じゃあうちの息子達は、トイレに行くと言って部屋から出ていっちまったのか!?」

「はっ！　正確には『おしっこー』でありますッ」

「更《さら》に『もっちゃうー』とも仰《おつしや》っていたでありますッ」

美子が三歳児の母親の顔になって叫《さけ》んだ。

「きゃー！　お漏《も》らし癖《ぐせ》がまた再発なのー!?」

「そういう問題じゃない、そういう問題じゃないから嫁《よめ》さんっ」

アパートメントホテルの廊下は、日本のマンションの廊下とは違う。小学三年生の児童と、一人でおしっこできない幼児がふらついていい場所ではない。しかもあんなに可愛《かわい》らし……いや賢《かしこ》そうな子供達を見かけたら、初めて地球に来た宇宙人だって攫《さら》いたくなってしまうだろう。

いややめて助けてキャトルミューティレーションだけは。

「こ、こんなことしてる場合じゃないぞ。捜《さが》せ、捜すんだ！　万一ホテルの外にでも出ちゃったら大変なことに……」

「父上殿《どの》ッ、置き手紙を発見しましたでありますッ」

マシュー・オールセンではないほうの男が、テーブルの上にあった紙を高々と持ち上げた。置き手紙をしてトイレに向かうとは、何というよくできた息子《むすこ》達だ。

「見せて……『旅立ちます。さがしないでください』ちょっとこれトイレじゃないわよ!?　お手洗いどころか家出じゃないの!?」

「よし判った、行く先は佐賀《さが》市内だ！　野郎《やろう》ども、佐賀市内を捜せ」

「捜すのか捜さないのかはっきりしてくださいでありますッ」

置き手紙にはまだ先があった。

『旅立ちます。さがしないでください。大人への、階段登る、きみはまだ』

まだ……何?

「それにしても、家出用の置き手紙に辞世の句を詠《よ》んでいくとは……しょーちゃん、末恐《すえおそ》ろしい小学三年生」

「ええ縁起《えんぎ》でもないこと言うなよ嫁さん、辞世の句じゃないだろ辞世の句じゃ。それに安心しろ、どんなに神童で天才児でも、十五過ぎたらただの人ってパターンが多いぞ。とにかく捜せ、どうあってもホテル内で捕《ほ》獲《かく》するんだ」

制服の二人が慣れた仕種《しぐさ》で敬礼した。獲物《えもの》を追う猟犬《りょうけん》の眼《め》になっている。

「了解《りょうかい》でありますッ! ホテル内を隈無《くまな》く捜索《そうさく》し、カツレッキッカを連れ戻《もど》すでありますッ」

「え、誰? うちの子はしょーちゃんとゆーちゃんなわけで」

「いえいいのであります、カツレッキッカでありますッ」

とりあえず三人組ではないのだが。

制服組二人と両親が、勢い込んで廊下へ向かおうとした時だった。立て続けにドアベルが鳴り、せっかちなノックが続いた。今はどんな急用だろうと、相手をしている暇《ひま》はない。開けると同時に怒鳴《どな》りつけてやろうと、勝馬が口を「だ」の形にした。

「だ……」

もうすぐ七月だというのにグレーのトレンチコートを着て、黒の帽子《ぼうし》に唇《くちびる》には火の点《つ》いていない葉巻という、どこか勘違《かんちが》いした恰好《かっこう》の中年男が立っていた。勝馬よりずっと背が低かったので、見下ろす角度になった。ハムスターの頬袋《ほおぶくろ》みたいな揉《も》みあげを、室内の微風《びふう》にそよがせている。生真面目《きまじめ》そうなスーツの若者を一人と、男ばかりの集団を連れている。

「ご安心ください奥さん。我々が来たからにはもう事件解決です。幼児失踪《しっそう》専門チームと、地理に詳《くわ》しいニューヨークの生き字引『地理オタク・ドナルドじいさん』を連れてきています」

渋谷夫妻が視線を向けると、どこからどう見てもホームレスという老人が、いよぅとばかりに片手を上げた。髪型《かみがた》は天然ドレッドだ。

「あまりに道路を愛しすぎて、路上生活を始めてしまった剛《ごう》の者です。あ、申し遅《おく》れましたが私はディアス捜査官《そうさかん》です。それと、これから捜索する可愛らしいお子さんがたの名前は……誰だっけ巡査《じゅんさ》?」

「ちょ、ちょっと待ってちょっと、ちょっと待って」

美子がぶるぶると頭を振って話を遮《さえぎ》った。

「その揉みあげには見覚えがあるわ。どうしてあなたがニューヨークに……いえそれはどうでもいいとしても、何故《なぜ》呼んでもいないのに警察が来てるの!?」

「いや我々は警察ではないのですよ奥さん。ドアマンから、二人だけで歩いていた幼児が、怪《あや》しいタクシーに連れ込まれるのを目撃《もくげき》したと通報がありまして。幼児失踪の広域捜査なら我々

FBIの出番ですからな。フロントを尋問《じんもん》すると年格好がお宅のお子さんたちに当てはまるというので、こうして駆《か》けつけたわけです」

妻が文字では表せないような悲鳴をあげた。驚《おどろ》きで髪《かみ》を逆立てている。

「ひゃーほ！　じゃあもうしょーちゃんゆーちゃんは、異人さんに連れられて行っちゃったっていうのー⁉」

「お、落ち着け嫁さん。いいじいさんかもしれないだろ」

「いやーっ、どうしよう、とにかく警察、警察に連絡《れんらく》しないと」

「ですから警察に連絡しなくても、我々が来たからには安心ですと……どうやら奥さんは少し興奮されているようだ。無理もない、大切なお子さんが行方《ゆくえ》不明なのですからな。おーい巡査、失踪幼児のご家族を精神的にケアするプロのカウンセラーを連れてきているかー？」

「お待ちください。因《ちな》みに私、もう巡査ではございませんので」

生真面目そうなスーツの若者は、無線機で何事か確認《かくにん》してから頷《うなず》いた。

「たった今、到着《とうちゃく》しました。この階まで上ってくる途中《とちゅう》です」

エレベーターの扉が厳《おごそ》かに開くと、ゴールデンマイクを握《にぎ》った男が小さく頷いてホールに進み出た。小指がピンと立っている。

「やあ奥さん、わたしはカウンセラーのウィリアムです。あなたの気分を和《やわ》らげるためにここに来ました。最初に言っておきますがわたしはあなたの力になりたいのです。一緒《いっしょ》にこの局面を乗り切りましょう。そのためにはまずわたしの真意を知り、信用してもらわなければなりません。わたしのことを話しますから、その後であなたがたの馴《な》れ初《そ》めも教えてください。では まず一曲目『生まれも育ちもウィスコンシン』をお聞きください。作詞編曲、歌、コーラスわたし。作曲だけはジャイケル・マクソンむぷっ……」

「ホテルの廊下で騒《さわ》ぐんじゃないよ！」

ゴールデンマイクリサイタルが始まる前に、カウンセラーは隣室《りんしつ》から顔を出した客に水をかけられた。

「ああどうしようウマちゃんっ、FBIは早くもあてにならないわッ。あたしたちで何とか息子達を見つけださなくちゃ」

一家の大黒柱で二児の父である渋谷勝馬は、少々垂れ気味で情けない系の顔ながら、拳《こぶし》を握って頷いた。

「そうだな。まずは情報収集だ。皆《みな》さん、どんな小さな情報でも構いません。私達の息子を見かけたら、どうか私にデンワシテクダサーイ。有力なものには懸賞金《けんしょうきん》をだします！」

「あっコラ」

懸賞金発言を耳にするや否《いな》や、ディアス捜査官の連れてきていた集団は一斉《いっせい》に走りだした。プロ集団は拝金主義者ばかりだったようだ。残ったのは地理オタク・ドナルドじいさんと、元警部補の忠実な部下、スーツの若者だけだ。

一方、ついに離婚騒動《りこんそうどう》にまで発展した両親を残して部屋を出た渋谷兄弟は、にやけた顔のドアマンの前を素通《すどお》りし、ホテルに面した72丁目に立っていた。

「おでかけー」

「うん、おでかけだよ。いい天気だね」

濃紺《のうこん》のワンピースにエプロンという特殊《とくしゅ》な服装をした弟は、繋《つな》いだ手を大きく振《ふ》っていた。機嫌《きげん》がいい。

六月のニューヨークにしては湿気《しっけ》も少なく、昨日までの曇《くも》り空が嘘《うそ》のように爽《さわ》やかな日差しが降り注いでいる。

夏が近い。

「おでかけ、ぱぱとままはー?」

「おとーさんとおかーさんは来ないよ、ゆーちゃん。あの二人は修羅場《しゅらば》だからね。おとーさんたちは今、離婚《りこん》の危機だから」

「りんごの木ー?」

「違《ちが》うよ」

弟の小さい手を握りながら、勝利はガイドブックから破りとった地図を見詰《みつ》めた。膝丈《ひざたけ》のハーフパンツの中には、母親が投げた財布《さいふ》が突《つ》っ込んである。

「どっちに行こうかな」

右手に向かえばマディソンアベニュー、左手に向かえばセントラルパークと五番街だ。どちらからからバスに乗れば、大きな駅まで行けるだろう。

「でずにー！」

自由な方の腕《うで》を振り上げて、有利が元気良く叫《さけ》んだ。

「それは無理だよ、ここはフロリダじゃないからね」

「じゃあゆーえんち」

「遊園地？　いいよ。その前に乗り物に乗ろう。とにかく少しでも遠くに行かないと」

まったく、冗談《じょうだん》じゃないよ。

大きな通り目指して歩き始めながら、勝利は呟《つぶや》いた。

自分達が離婚しそうだからって、大切な子供を取り合うとは何事だ。小学三年生とは思えない冷静さで、渋谷勝利は憤慨《ふんがい》していた。弟は親の所有物ではない。なのに、まだ幼く物事が理解できないのをいいことに、どちらの元で育てるかを、本人の意思を無視して勝手に決めようとしている。

保護者とはいえ、子供の人権を無視したやり方が許されていいはずはない。

しかもこのまま両親が息子《むすこ》を一人ずつ引き取ったら、自分と弟は離《はな》ればなれにされてしまうのだ。冗談じゃない。いくら親だって、自分からゆーちゃんを奪《うば》う権利はない。

「大人の横暴だ」

「オーボエ？」

違うよーと頭を撫《な》でてやりながら、勝利はこの先の計画を練った。

とりあえずどこか遠くに逃《に》げてから、関係機関に保護を申し出よう。アメリカは子供の人権にも配慮《はいりょ》のある国だ。きちんと法的な手順を踏《ふ》めば、兄弟が共に暮らせるようにしてくれるだろう。

しかし同時にこの土地は、子供二人だけで行動するにはあまりにも治安が悪い。あらゆる面に注意を払《はら》い、自分と弟の身を守らなければならない。用心するに越《こ》したことはあるまい。

「まずはバスでペンシルバニア駅まで行こう。そうすれば列車も長距離《ちょうきょり》バスも出てるよ」

「ゆーえんちは？」

「遊園地はその後だ。追っ手を完全に撒《ま》いてから……わっ」

背後からクラクションを鳴らされて、子供達は飛び上がった。振り返るとタクシーの運転席から、アジア系の男が首をだしている。

「ぼーやたち、高級ホテルから出てきた観光客が、子供二人っきりでブラブラしてちゃ駄目《だめ》だよん」

味付け海苔《のり》を貼《は》りつけたみたいな太い眉《まゆ》と、開いているのかどうかも判《わか》らない細い目をした男だ。

「どこまで行く気か知らないっけどさー、幼児二人はまーずいっしょー。おーら地元の人間だから知ってっけどもさー、セントラルパークなんかに迷い込んだらほんっど危険なんさー?」

「……本当に地元の人?」

眉の超《ちょう》太いアジア人は陽気に答えた。

「なーに言ってんの、どっからどう聞いてもヌイヨー訛《なま》りっしょー? 生まれたのは隣《となり》のジャージーだけども、まんはったんはおらの庭よー? 七つんときから走り回ってるんさー」

長万部《おしやまんべ》とマンハッタンを間違《まちが》えてはいないだろうか。

勝利は気を取り直し、弟の手をぎゅっと握った。無数に走っているタクシー・ドライバーの中には、残念ながら悪質な者もいる。充分《じゅうぶん》に気をつけなければならない。

「バスに乗るんだ」

「ああん?」

人の好《よ》さそうな運転手は、太い眉をハの字型に下げた。

「バースは駄目だー。今日は六月の最終日曜っしょー。五番街近くでこの日にバスに乗るのはあほだけさー。わるいこたいわね、おどーさんかおがーさんに頼《たの》んで、一緒に連れて行ってもらいな」

「その両親が問題なんだよ」

勝利はわざとらしく声を潜《ひそ》め、悲しげな表情を作って言った。

「……じつは父親は、ぼくをメジャーリーガー養成地獄《じごく》機関『球の穴《たまのあな》』に売り飛ばそうとしているんだ。だからぼくは弟を連れて、父親から逃げようとしているんだ」

「ひっ」

あり得ない組織の名を聞いた途端《とたん》、運転手の顔色が変わった。

「たっ、球《たま》の穴《あな》に⁉」

「そう。そして弟はほら、無理やり、チアリーダー養成ワンピースを着せられてるんだ」

「ひーっ、何て親だーー！」

アジア系の運転手は大慌《おおあわ》てで車を降り、後部座席のドアを開いた。周囲の様子をきょろきょろと窺《うかが》い、兄弟を座席に押し込む。

「早く早く。見つかったらまずいっしょー？　そういう理由なら駅まで乗せてあげっから、頭を下げて見えないようにしてるんだよー」

幸いにも善良なタクシーに行き当たった二人は、「ヌイヨーヌイヨー」を口ずさむ運転手の好意で72丁目を後にした。だがその一部始終を見た者がいたことには、おばかな有利は元より勝利でさえも気付かなかった。

ビルの陰《かげ》に隠《かく》れるようにして見ていたその男は、黒のスーツに黒のサングラスという、全身黒ずくめの不審《ふしん》な姿だった。彼は後から来たタクシーを止めるとラテン系の運転手に告げた。

「前の車を追ってくれ」

「お？　お客さんFBIですかい？」

「そんなことはどうでもいい。とにかく前のタクシーを追ってくれ」

「いやしかし、実はオレっち先月東部に来たばっかりで、この近辺の地理にはまるで疎《うと》くってねー」

「道を知らなくてもいいんだ！　前のタクシーを追うだけでいい！」

「やーそれが、そういう特殊な任務は、割増料金貰《もら》わないとねー」

ニューヨークを走っているタクシー・ドライバーの中には、残念ながら悪質な者もいた。


渋谷夫妻と無能なベビーシッター二人は、ニューヨーク市警の受付で憤慨していた。異国から来たビジネスマン家族への扱《あつか》いは、あまりにも冷淡《れいたん》だったのだ。

「あのねー、そうは言われてもね、姿を消して僅《わず》か三十分じゃあ、失踪届《しっそうとどけ》は出せないの。ましてやオタクの場合はさー」

連邦軍《れんぽうぐん》の制服姿の二人が、顔の前で手を振《ふ》った。オタクじゃナイナイと必死だ。

「誘拐《ゆうかい》じゃなくて家出でしょ？　家出ってことがはっきりしてるわけでしょ。こっちだって暇《ひま》を持てあましてるわけじゃないんだから、そうなると尚更捜索《なおさらそうさく》に人手は割《さ》けないの」

「でもっ、決意の上の家出っていったって、息子達は八歳と三歳よ!?　確かにしょーちゃんは英語もペラペラで、氷の五歳児と呼ばれてたくらい頭もいいけど、それでもたった八歳の子供がお散歩がてらぶらつけるほど安全な土地じゃないでしょニューヨークは！　捜してよ。どうやってでも見つけだしてよッ。それが警察の仕事ってものじゃないの？」

突《つ》き出た腹で足元が見えなそうな制服警官は、困ったように鼻の下を掻《か》いた。

「そう言われてもねー。今日に限ってなーんでか優秀《ゆうしゅう》な警官が一斉《いっせい》に休暇《きゅうか》をとっちゃってね。署としても壊滅《かいめつ》的に人手が足りない状態なんだわー。個人的には手助けしたいのは山々なんだけどね」

確かに彼の背後では、警察官達が目の回るような忙《いそが》しさで立ち働いている。一人で三個の受話器を抱《かか》え、三本の電話に応対している聖徳太子《しょうとくたいし》警官、積み上げられたファイルの山に囲まれて遭難《そうなん》しかけている山男警官、一気に五切れのピザをくわえて喜色満面な大食い警官もいる。

受付係は諦《あきら》めきった目でその光景を眺《なが》め、呟いた。

「それにしても一体どうして、男気溢《あふ》れる優秀な連中ばっか休んじまったのかね」

「ほーらねウマちゃん」

渋谷美子は、それ見たことかとばかりにふんぞり返った。

「警察なんて頼《たよ》りにならないってあたし言ったでしょ？　ウマちゃんが一応念のためにってねばるから、念のために交渉《こうしょう》してみたけど、結果はこのとおり無下《むげ》に断られただけ。やっぱりね、警察なんかあてにしちゃ駄目なのよ。とっとと犯人に賞金かけて、指名手配のポスター貼ってもらいましょうよ。こうなったら地の果てまででも追いかけて、絶対に息の根止めてやるんだからっ」

「待て嫁《よめ》さん、まだ犯人がいるかどうかすら判ってないんだぞ……しかしだ、こうなったら情報収集と共に、失踪人捜索《そうさく》のプロを雇《やと》うべきかもしれん。刑事さん、マンハッタンで一番の捜索人といったら誰《だれ》なんですか。まさかそれも教えられないって言うんじゃないだろうな」

カウンターに両手をつき凄《すご》む保護者に、受付係は鼻白んだ。大きな腹が僅かにへこむ。

「んー、民間人で腕利《うでき》きの捜《さが》し屋といえば、『迷子追跡野郎《ついせきやろう》Bクラス』かね」

「び、Bクラスで大丈夫《だいじょうぶ》なのかな」

「大丈夫かどうかは知らないけど、これが電話番号……」

差し出された紙片を引ったくって、美子は部屋の隅《すみ》の公衆電話につっ走る。たっぷり九回コールした後、間の抜《ぬ》けた声で返事があった。

『ハイ、こちら迷子追跡野郎Bクラスデス。サガシモノハナンデスカ』

「息子《むすこ》よ息子っ、幼い子供達ふた……」

『ミツケニクイモノデスカ』

「舘《たち》ひろしじゃん！」

美子は公衆電話を叩《たた》き切った。

「落ち着け嫁さん、それは円広志《まどかひろし》ですらないぞ！　じゃなくて単なる留守電だ。奴《やつ》がニューヨークにいるはずがない」

しかし夫の説得も虚《むな》しく、妻・ジェニファーは既《すで》に切れかかっていた。パーティー用の上等な着物姿のままで、青筋を立て、髪《かみ》を掻きむしっている。最早爆発《もはやばくはつ》寸前だ。

「ああどうしましょう、こうしている間にもしょーちゃんゆーちゃんは、犯罪者の毒牙《どくが》にかかっているかもしれない。悪の組織に捕《つか》まって、邪悪《じゃあく》なおにーさんに改造されているかもしれないんだわっ！」

「うっわー、何と合体させられちゃうんだろ。ディマジオの遺伝子とかだったら燃えるなあ」

渋谷勝馬の人でなしな部分がちらりと覗《のぞ》いた。

『ガガー……ピー……ザザー』

気まずい雰囲気《ふんいき》になりかけた時、いいタイミングで機械音が響《ひび》いた。ベビーシッターの一人、マシュー・オールセンが、慌《あわ》てて腰《こし》に帯びていた無線機をとる。

「アムロだ」

アムロかよ⁉

『こちらフラウ・ボゥでありますッ』

フラウかよ……。雑音混じりの連絡《れんらく》は、キャラクターになりきったピンクの制服のベビーシッターからだった。鼻先でドアを閉められてしまい、ホテルの部屋に入れなかった三人目だ。

『実はガー……カツレッキッカがトイレットに向かうのを確認《かくにん》しピー……念のために走って追《つい》跡《せき》したでありますッ』

「走って!? 凄いぞ、さすが臑毛自慢《すねげじまん》のフラウだ！」

マシュー・オールセンの反応に、周囲の皆《みな》が色めきたつ。

「それで今、ターゲットは一体何処《どこ》に？」

『それが……ガー……テレビをつけてくだ……ガーピピー……ザビー……』

「くそっ、ミノフスキー粒子《りゅうし》が！」

いい加減にミノフスキー粒子に影響《えいきょう》されない普通《ふつう》の無線機を使ったらどうだ。誰もが突っ込みたかったが、今はその時機ではないと自粛《じしゅく》した。

「テレビだ、テレビをつけてくれ！」

勝馬の指示に、犯罪映画専門チャンネルを視《み》ていた若い警官が、慌ててNY1に合わせる。

地元密着局の情報番組では、賑《にぎ》やかなストリートの様子を中継中《ちゅうけいちゅう》だった。

『はぁい、リポーターのエンジョイよん。六月の最終日曜日いかがお過ごしかしら。ここマンハッタン五番街では、毎年恒例《こうれい》のゲイ・パレードの真っ最中よん』

画面ではぴちぴちボディコンシャスなミニのスーツに身を包んだセクシーリポーターが、マイク片手にウィンクしている。渋谷夫妻は唖然《あぜん》とした。

「……ゲイ、パレー、ド？」

『只今《ただいま》三時四十分、パレードはワシントンスクエアに向かって、市立図書館前を驀進《ばくしん》中よん。スーパーモデルも真っ青な美貌《びぼう》の人から、友達見つけたアザラシも大喜びーなコミカルな人まで。思い思いに着飾《きかざ》ったゲイの皆《みな》さんのきらんきらんぶりには、スピルバーグ監督《かんとく》もびっくりよん』

中継車の後ろでは日本では滅多《めった》に見られない光景が繰り広げられていた。派手なメイクに色とりどりのドレスを纏《まと》った女王様達や、ぴったりしたレザースーツにサングラス、アクセントは腰にぶら下げた鎖《くさり》というアニキ達が、大騒《おおさわ》ぎしながら通りを練り歩いている。男性も女性も入り交じり、沿道には見物人の姿も多かった。実はありきたりな服装の人々もたくさんまざっているのだが、そちらはあまり目に付かない。

女王様の一人が中継スタッフに抱《だ》きついて無理やりキスをしようとした。分厚い唇《くちびる》が迫《せま》ってきて、スタッフは思わずカメラを庇《かば》う。その拍子《ひょうし》にレンズが角度を変え、人が群がっている場所を映した。

「あっ！」

夫妻は同時に声をあげた。

「ゆーちゃん！」

彼等の可愛《かわい》い次男坊《じなんぼう》が、ゲイの皆さんに弄《もてあそ》ばれていたのだ。濃紺《のうこん》のワンピース、レースたっぷりのエプロンにパステルブルーのソックスの次男は、全身スパンコールのドラァグクィーンたちに高々と抱え上げられて笑っていた。

「ゆ、ゆゆゆゆーちゃん!?」

『では一旦《いったん》スタジオにお返ししまーす。えんじょーい』

「ありがとうエンジョイ。さて、再びキャスターのケントですが』

だが残念なことにそこで中継は終わり、映像は真面目《まじめ》くさったロイド眼鏡の男になってしまった。勝馬は古びたテレビを摑《つか》み、乱暴に揺《ゆ》さぶった。

「ええい、ロイド眼鏡はいい！　ゆーちゃんを映せ、ゆーちゃんの奮闘《ふんとう》ぶりを！」

「やめてくれ、署内の備品を壊《こわ》す気かね」

お腹《なか》の大きな受付係は、今にも暴れだしそうな日本人に取りすがった。十年間苦楽を共にしてきた大切なテレビなのだ。

「家出中で行方《ゆくえ》不明の息子さんたちが、よりによってゲイ・パレードに参加していたんだから、動揺《どうよう》するのも無理はないけどもね。だからってうちの備品に当たらないでくれ。まだ息子さんたちがゲイだと決まったわけでもないんだからね」

「当たり前だ、三歳児にカミングアウトされてたまるかーっ！　さあこれで場所は判《わか》った、居場所は判ったんだから、さっさと警官派遣《はけん》して保護してくれよ。ていうか車、パトカー貸せ。

俺が直接子供達の処《ところ》に行く！」

「待て、待つんだミスター・シブーヤ。年に一度のゲイ・パレードは謂《い》うなれば無法地帯。見物客のために警備の人員は配置しているが、あの膨大《ぼうだい》なパレードの中から小さな子供二人を見つけだすとなるとだね」

受付係は大きな腹を震《ふる》わせて、自らの無力を嘆《なげ》くように頭を振《ふ》った。

「いや……正直言って我々のような一般《いっぱん》警官には、あの気合いの入った集団の真っ直中に突《とっ》入《にゅう》する勇気が……」

他《ほか》の警察官達は、三個の受話器を肩《かた》に挟《はさ》んだままで、あるいはピザ五切れを食べる手を止めて、事の成り行きを固唾《かたず》を呑《の》んで見守っていた。だが彼等のうちの一人、デスクワークで遭難《そうなん》しかけていた繋《つな》がり眉《まゆ》の男が、意を決して椅子《いす》から立ち上がる。

「泣くなよ受付、オレの相方は今日は非番だが、駄目元《だめもと》で連絡を取ってみるよ。念のために無線機は携帯《けいたい》しているし。絶対に誰にも言わないと約束していたんだが、幼い子供達のためならあいつも許してくれるだろう」

続いて、犯罪映画専門チャンネルを視ていた若者が、じゃあ俺もと渋《しぶ》い顔で立ち上がる。

「うちの相棒も休んでるけど、開発中の携帯《けいたい》電話を腰に下げてったから連絡入れてみるわ」

すると署内のあらゆる場所で、我も我もと声があがった。無線、電話、狼煙《のろし》、手旗信号と、それぞれの方法でパートナーを呼び始める。

「ああ、もしもしデイビッドか、オレオレ。詐欺《さぎ》じゃねーよ。ああん？　今はメラニーと呼べ？　無理言うな。あのな、お楽しみ中に悪いんだが、緊急《きんきゅう》事態なんだ」

「スーザン？　モニカよ。今日が大切な日だというのは承知しているんだけど、その近くで幼児が二人、行方不明なの」

「ようダンカン！　パレード楽しんでるかい？　こんな時に何なんだけどさ、そこにジャパニーズのガキが二人、紛《まぎ》れ込んでるらしーんだわ。あ？　お前がゲイ・パレードに参加してること一？　大丈夫《だいじょうぶ》だって。誰《だれ》にも言ってねぇって。内緒《ないしょ》な、内緒。パートナーを信じろよ」

週明けの署内がどういう事態になっているか、想像するだけでも恐《おそ》ろしかった。

3

少々時間は遡《さかのぼ》る。

セントパトリック教会の白い尖塔《せんとう》が見えてきた頃《ころ》、運転手が太い眉を寄せた。ルームミラーでそれを見た勝利は、不安を抑《おさ》えて男に尋《たず》ねる。

「どうしたの」

「……どうやら尾行《びこう》されてるっしょー。あ、振り向いちゃならねーよ。すぐ後ろにつけてるタクシーと、もんのすごい速さで歩道を突《つ》っ走ってくるピンクの制服の女と……」

「走って!?」

渋滞《じゅうたい》続きでスピードがあまり出せなかったとはいえ、72丁目からここまではかなりの距離《きょり》がある。己《おのれ》の脚力《きゃくりょく》だけで自動車についてくるとは見上げた根性《こんじょう》だ。

地元育ちだという運転手は道路の先方に目を走らせ、うんざりしたようにハンドルを叩《たた》いた。

「まかしときー今すぐ撒《ま》いてやっからよー、と言いたいところだが、この渋滞じゃあおらのドライビングテクをご披露《ひろう》することもできないっしょー。こうなったら仕方がない、木は森に隠《かく》せ牛は牧場に放せだ。パレードの真ん中に突っ込むからさー、人混みに紛《まぎ》れてどうにか追っ手を撒くんだよー」

そう告げると運転手は急ハンドルを切り、二、三台の脇《わき》を擦《す》り抜《ぬ》けて手近な交差点を右折した。パレードがどうしたと訊《き》く間もない。

「わわわわわー」

チャイルドシートがなかったため、有利は座席からずり落ちかけた。

「大丈夫か、ゆーちゃん⁉」

「じぇっとこー」

スターまで言わないうちに、今度は急停車した。小さい弟が放《ほう》り出されないように必死で押さえる。やっと衝撃《しょうげき》をやりすごして頭を上げると、黄色いタクシーの車体はすっかり人で囲まれていた。大きな鬘《かつら》を着け、派手な化粧《けしょう》を施《ほどこ》したたくさんの顔が、窓硝子《まどガラス》越《ご》しに覗《のぞ》き込んでいる。

「ここは……」

「さあぼーやたち、ぐずぐずしてる暇《ひま》はないっしょー！　早いとこ降りて、この集団に紛れて地下鉄の駅まで行くんさー、グレイハウンドの出てる駅っつったら、34丁目ペンステーションか42丁目で降りればすぐさー」

「お金……」

土地っ子はぐいと親指を立ててみせた。人助けに金など受け取らないという仕種《しぐさ》だ。

「ぼーやだからさーぁ」

タクシーから離《はな》れるとたちまち人々に取り囲まれてしまい、背の低い彼等には空も見えなくなってしまった。皆《みな》ことごとく大きい。そして皆ことごとく、けばけばしい衣装《いしょう》に身を包んでいる。

「あのこれは……皆さんはどういった集まりなんですか？」

「あら知らなかったの？　あたしたちは自らの心の扉《とびら》を開いた女達、現代に生きる正直者な女達なのよ」

「女……」

これが、と言い掛《か》けて慌《あわ》ててやめる。きっと失礼にあたるだろう。英語が堪能《たんのう》な勝利でも、ことゲイに関しては知識がなかった。

オネエさんたちはワンピース姿の有利を見つけるやいなや、まるで宝物でも授《さず》かったみたいに頭上に抱《かか》え上げてしまった。

「あっ、ゆーちゃん」

「ぎゃーカワイイ！　ねえねえみんな、こんなカワイイ子見たことあるー？　ねえおにいちゃん、弟ちゃんはいずれあたしたちの世界に来るのかしらー。今すぐにでも大歓迎《だいかんげい》よぉ」

「その可能性は低いと思います、弟ではなく母親の趣味《しゅみ》ですからっ」

「ンまー、話の判《わか》る母親ネー」

最初のうちは頭上に抱《だ》き上げられるのを面白《おもしろ》がり、バッキンガム宮殿《きゅうでん》の衛兵を思わせる鬘《かつら》を引っ張ったりしていた有利だが、肩車《かたぐるま》の状態がしばらく続くと、目をキョロキョロさせて勝利を捜《さが》し始めた。

「しょーちゃんしょーちゃん」

「ここだよゆーちゃん。下にいるよ」

「しょーちゃぁん」

兄の元に行きたがって手足をばたつかせる。すると一際《ひときわ》大きく一際派手なドレスのオネエさんが、有利をひょいと抱えて地面に下ろしてくれた。

「あんたたち、小さい子を苛《いじ》めちゃだめじゃないの」

全身に紫《むらさき》のスパンコールをちりばめたゴージャスなお召《め》し物《もの》だ。午後の日差しを受けてぎらぎらと輝《かがや》き、太いウエストには拳《こぶし》ほどもある模造ダイヤのベルトを巻いている。

何かのチャンピオンという感じ。

「うっ、ひうっ、おっ、おまけー、おばけー」

あまりの迫力《はくりょく》に有利が涙《なみだ》ぐんだ。怖《こわ》かったのは大幅《おおはば》にサイズアップして描《えが》かれた唇《くちびる》だ。真っ赤な口紅は人でも喰《く》ってきたばかりのようだった。

「オー！　マイケルなんて名前はケンタッキーの鶏小屋《にわとりごや》に捨てたわ。あたしはボサノヴァよ。もうマイケルじゃないわ」

剝《む》き出しの二の腕《うで》にはハート形の刺青《いれずみ》が残っていたが、その中の人名は二回ほど彫《ほ》り直されていた。

「いい？　あたしたちのことはくれぐれも昔の名前で呼んじゃダメ。今は彼女はボサノヴァ、あたしはメラニーなんだから」

一緒《いっしょ》にいたエメラルドグリーンのミニスカートの「女性」が言った。こちらは細い腰《こし》に手を当てて斜《なな》めに立つと、通販《つうはん》雑誌のモデルさん並みには美しい。その、メラニーの引き締《し》まった腰から、不快な電子音が流れる。彼は慣れた動作で無線機を取り、口元に手を当てて応答する。

「はぁい、メラニーよぉ」

メラニーが慌てた様子で声を潜《ひそ》め、口を隠したまま背中を向けた。

「なんだ、休日はデイビッドじゃないって言ってるだろ。今日は六月の最終日曜なんだから、休暇願《きゅうかねがい》は半年前からだしていたはずだぞ。ん？　なに？　幼児が二人行方《ゆくえ》不明……パレードの中にいるだって!?」

こちらをチラチラと窺《うかが》っては、また低い声で会話を続ける。

「八歳と三歳、一人は男の子なのに濃紺《のうこん》のワンピースにレースのエプロン……まさか……ああ判った、ああ。今すぐ保護する。了解《りょうかい》」

「どうしたのメラニぃー」

紫スパンコールさんは心配げな表情で、パートナーの無線連絡《れんらく》が終わるのを待っていた。どうやらデイビッドであったらしい緑ミニスカートさんは、口元を押さえて小さく咳払《せきばら》いをした。詰《つ》め物満載《まんさい》の胸に手を突っ込み、警察バッジを提示する。

「あー、うほん。実はきみたち兄弟を保護するようにと、たった今、要請《ようせい》があった。ご両親が心配しているそうだ。あたし……いや私が署まで送るので一」

「ちょっと待っ、えっ、ええっ、メラニーあんたって警官だったの!?」

紫スパンコールさんの顔色が変わった。そうはいっても厚く塗《ぬ》りすぎて、何色から何色に変化したのかは判らなかったが。

「ちょっと待ってくれボサノヴァ、これには理由があるんだ。今まで話さなかったのは謝るけど、実はあたしの家系は代々ニューヨーク市警の人間で……」

「いやーっ！　メラニーったら言い訳は無用よッ」

「ぼふっ」

紫スパンコールことボサノヴァさんは、目《め》一杯《いっぱい》女らしく平手打ちをしたつもりだったが、どんなに美しく着飾《きかざ》っても中身は男だ。喰らわされたメラニーことデイビッド（推測）は、鼻血を噴《ふ》きながら吹《ふ》っ飛んだ。

「ぺっ、俺ぁ軍隊の次にポリスが嫌《きら》いなんだよ」

吐《は》き捨てるボサノヴァさん。男だ、紛《まご》うかたなき漢《おとこ》だ。すぐさま声音を元《もと》に戻し、艶《なま》めかしく腰をくねらせる。紫のスパンコールが煌《きら》めいた。

「ぼーやちゃんたち、今のうちに早くお逃《に》げ。大丈夫《だいじょうぶ》、おねーさんはぼーやちゃんたちの味方よ。他《ほか》にも追いかけてくるポリスがいたら、女の細腕《ほそうで》ながらも食い止めてあげる」

「ありがとう」

地面に降りた有利が笑顔《えがお》で叫《さけ》んだ。

「ありがとー、おばけちゃん」

弟の英語がいい加減で本当に良かった。勝利は気付かれないよう溜《た》め息をつき、細い手首を握《にぎ》ってパレードから離れた。

「おいで、ゆーちゃん」

「んー。ばいばーい、おばけちゃーん」

「気をつけるのよー、ぼーやちゃーん」

ボサノヴァを押しのけて、ウェイトレスのコスチュームの参加者が追ってこようとする。

「おい待て、その子達を保護しろと連絡が……ぐはぁっ」

「馴《な》れ馴れしく触《さわ》んじゃねーよポリス」

「どきなさい、その兄弟を保護……ぎゃっ」

「女だからって手加減しねーぞこら。だってあたしもオンナですものぉ」

紫のスパンコールを撒《ま》き散らして、ボサノヴァは正義の警察官達を次々と撃沈《げきちん》させていった。無敵だ。週明けのゲイ・コミュニティーがどういう事態になっているか、想像するだけでも恐《おそ》ろしかった。

そんな中、明らかに警察関係ではない人物が、列を横切ろうと割り込んできた。もうすぐ夏だというのに黒いスーツに黒いサングラス姿だ。最初のうちは細い杖《つえ》を器用に操《あやつ》って、人々の身体《からだ》をうまく避《よ》けていた。

彼の鼻があと数ミリ低かったなら、歴史は変わっていただろう。彼の容貌《ようぼう》があと少し平凡《へいぼん》だったなら、しょーちゃんゆーちゃんに追いついていただろう。だが、五十歳にも六十歳にも、見ようによってはもっと年長にも見られる男は、困ったことにハリウッド俳優に生き写しだった。名優ロバート・デ・ニーロそっくりの渋《しぶ》い男性を、ゲイの皆《みな》さんが見逃《みのが》すはずがない。

「ちょっとーぉ、あなたデ・ニーロじゃなぁい?」

「あらホント! うっわさすがにいいオトコねー。んもう、お髭《ひげ》の剃《そ》り跡《あと》ジョリジョリしちゃうからぁ」

「違《ちが》うんだ、私は違う。誰《だれ》か、その子達を止めてくれ! 私の知り合いの子供なんだ、誰か」

人波に追跡《ついせき》を阻《はば》まれながら、彼は必死で手を伸《の》ばした。だが無情にも兄弟は走り去り、二つの背中はたちまち小さくなる。

「あらいやだ、デ・ニーロ? デ・ニーロ? デニロウ? やだわーデニ郎まであたしたちのお仲間だったなんてーっ」

「やじゃないわよう、嬉《うれ》しいわよう、ものすっご感激よう! ねえねえロバート、ハリウッドにはやっぱりゲイって多いのお?」

「いっ、いやっ私は知らん、そういうことは私は知らんよ」

「ぎゃー赤ぐなっぢゃって、ガワイイー。ねえデ・ニーロ、ニューヨーグに事業進出ずる気はないのがじらーぁ? ショーバブならあだじだぢノウハウ持ってるがらー、いづでも協力でぎるんだげどーぉ」

「あら駄目《だめ》よ、ロバートには小綺麗《こぎれい》なカフェに出資して欲《ほ》しいわ。それかワタシたちも大好きなスシレストランとか」

「ねえねえデ・ニーロが来てるってホント⁉ どこどこ? あっ」

「離《はな》せ、離してくれ。急いでい……ぐえ」

体格のいい女王様達に囲まれて、追跡者は身動きがとれなくなってしまった。


「取り逃がしたですって?」

渋谷夫妻、特に奥さんのほうは、胸の前で両腕《りょううで》を組み小首を傾《かし》げた。

「男気溢《あふ》れる優秀《ゆうしゅう》な警官ばかりを投入したのに、わずか八歳と三歳の兄弟に逃げられたっておっしゃるの? きゃー、さすがうちの子、賢《かしこ》いー! って喜んでいい場面じゃないわよね」

「よ、嫁《よめ》さん」

署内の人間は一人残らずしょんぼりしている。肩《かた》を落とした受付係が報告した。

「取り逃がしたというよりは、全員撃沈したというほうが正しいかと……」

「役立たず」

「よ、嫁さんっ⁉」

数え切れないほどの事件に立ち向かい、時には命懸《いのちが》けの銃撃戦《じゅうげきせん》にも挑《いど》むニューヨーク市警。その警察官達を前にして、素人《しろうと》主婦の大暴言だ。

「だってそうでしょうウマちゃん。ゲイ・パレードに参加していたのは、よりによって優秀なポリスメーンばっかりだったのよ。なのにあたしたちの大事な息子《むすこ》さえ保護してくれないなんて、これを役立たずと言わずして何と称《しょう》すれば」

いやに冷静な仕種《しぐさ》で帯留めを直しながら、渋谷美子は二重《ふたえ》の目を細めた。科学では説明できない第六感が、夫の背筋を震《ふる》わせる。来る、きっと来る。

「だから言ったのよ、警察は役に立たないって。ほーらね、あたしの言葉どおりだったでしょう。ええいいわ、いいわよ。あんたたちが何もしてくれないっていうなら、あたしが息子達を助けるわ。こう見えても結婚《けっこん》する前は、横浜《ハマ》のダーティー・ハリーって呼ばせて軽犯罪法違反《いはん》者《しゃ》達を震え上がらせていたんですからね。外人墓地で立ち小便した男どもを逆マグナムでビビらせるのがあたしの趣味《しゅみ》だったんですからね」

逆マグナム？　夫は妻の過去に不安を感じた。

「こうなったらあたし独りででも街に出て、疑わしい人は全員逮捕《たいほ》よ！　ニューヨーク中を誤《ご》認逮捕《にん》地獄《じごく》で泣き叫ばせてやるわ！『横浜《ハマ》のダーティー・ハリー、マンハッタン珍道中《ちんどうちゅう》』あらちょっといいんじゃない？　休日の朝やってる旅番組みたいで」

「待て待て嫁さん、珍道中じゃ事件解決にならないだろう、珍道中じゃ……まあいいか、地獄《じごく》のセブン－イレブンよりはな」

だが、ほっと胸を撫《な》で下ろした夫は甘かった。次の瞬間《しゅんかん》、荒《あら》ぶる淑女《しゅくじょ》・ジェニファーは、着物姿のままでカウンターに片足を掛《か》け、受付係りの喉元《のどもと》を締《し》め上げたのだ。

「グフー」

「さあ誰かあたしに44マグナムを貸しなさい！　貸しなさいったら貸しなさい！　クリント・イーストウッドにできてあたしにできないはずがないわ！」

「わー嫁さんがダーティーになっていくー」

夫と警官達は悲痛な叫びをあげて、手近な銃《じゅう》を慌《あわ》てて隠《かく》した。こんなところで「あたしが法律だ」とでも言いだされたら、とてもじゃないが身が保《も》たない。早いところ美子を取り押さえて、正気に戻してやらないと……ところが署内にいた警官達は、暴れる妻ではなく夫の勝馬に飛びかかった。

「な、なななんだとー!?」

ブルース・リーの真似《まね》以外、武道のブの字も囓《かじ》ったことのない勝馬は、あっという間に拘束《こうそく》されて地下の留置場まで運ばれてしまった。

日本国内ではスピード違反さえ犯《おか》したことのない自分が、よりによってアメリカ、よりによってニューヨークで、どうして鉄格子《てつごうし》の中に放《ほう》り込まれなければならないのか。無情にも響《ひび》く頑丈《がんじょう》な鍵《かぎ》の音を聞きながら、渋谷勝馬は心から嘆《なげ》いた。

「なんで俺が？　なんで俺がーぁ!?」

「レディーにあんなことまでさせるとは何という情けない夫だ。男の風上にもおけやせんね」

だからってどうして銃を奪《うば》おうとした妻の代わりに、夫が留置場に閉じ込められなければならないのだ。しかも黴《かび》くさく薄暗《うすぐら》い檻《おり》の中には、運の悪いことに先客がいた。

絵に描《か》いたような巨漢《きょかん》だ。

大型バイク愛好者が好んで着るような、黒のぴったりしたレザースーツ。音をたててガムを嚙《か》み、何が可笑《おか》しいのかニヤニヤと笑っている。頭部は剃り上げるだけでは満足せず、とぐろを巻く蛇《へび》の刺青《いれずみ》が彫《ほ》られていた。でもちょっと立派なうんこにも見える。

先客は右手をくいっと動かし、低い声で勝馬を呼んだ。

「ヘーイ、カモーン」

善良な日本人の脳裏《のうり》を、海外留置場の危険が箇条書《かじょうが》きで過《よぎ》った。一、暴行、二、私刑《リンチ》、三、トイレの汚《よご》れ。

勝馬はすごい勢いで両手を振《ふ》り、自分に敵意とその気がないと伝えようとした。大切なのははっきりとした意思表示だ。曖昧《あいまい》な態度は誤解を生む。

「のっ、ノー家紋《かもん》、ノーノー家門っ！」

「ヘイヘイ、カモーン」

「ノーノーノーサンキュー、ノーと言えるニッポンジーン！」

「背中のファスナー上げてプリーズ」

「はえ？」

早とちりだった。筋肉ダルマな男性は、ピチピチのレザースーツのファスナーを上げて欲しいだけだったのだ。鉄格子に押し付けた腰《こし》が痛む。

ああしょーちゃんゆーちゃんは今頃何処《いまごろどこ》に……。女房《にょうぼう》のお陰《かげ》で大変な目に遭《あ》いながらも、父親は息子達を案じていた。


「親の同意書は？」

辿《たど》り着いたバスターミナルのチケットカウンターで、勝利はそう詰《つ》め寄られていた。

相手は体格のいいアフリカ系アメリカ人の女性だ。制服のボタンをきっちりと塡《は》め、黒い髪《かみ》を後ろに撫でつけている。耳には金のフープが揺《ゆ》れていた。

　弟の手は放さずに、どうにかハーフパンツから母親の財布《さいふ》を引っ張り出す。身分証の提示を求められているのかと思い、彼はクレジットカードを探した。上の方から、女性の声が降ってくる。

「カードじゃないのよ。悪いけど坊《ぼう》や、十二歳以下の子供だけの旅行には、親の同意書がないと長距離《ちょうきょり》チケットは売れないの。家出の手助けをすることになったら困るからね」

「でもぼくらは……」

　言いかけて気付いた。家出の手伝いはしないということは、先程《さきほど》の言い訳は通用しない。咄《とっ》嗟《さ》にお涙頂戴《なみだちょうだい》路線《りこん》にシフトする。

「パパとママは離婚して、ママは家を出て行っちゃったんだ。それ以来パパは毎日お酒を飲んでばかりで働かないし、酔《よ》っ払《ぱら》ってぼくと弟を殴《なぐ》るから、ぼくらメンフィスのお祖母《ばあ》ちゃんちに行きたいんだ」

　頑張《がんば》って瞬《まばた》きを堪《こら》え続けて、わざと瞳《ひとみ》を潤《うる》ませた。僅《わず》かに眉《まゆ》を寄せ、願いをこめて見上げる。

　アフリカ系アメリカ人の係員は、絆《ほだ》されたのか一瞬《いっしゅん》だけ表情を曇《くも》らせる。だがすぐに職務を思い出し、駄目《だめ》よとばかりに両手を振った。

「いくら頼《たの》まれても無理よ。わたしはそういうとこピッチリとしているから。両親が書いてくれないなら、誰《だれ》か他の保護者に同意書もらってからもう一度来てちょうだい」

「どケチ」

「何ですって？」

思わず本音が零《こぼ》れた。日本語だったはずなのに、悪態というのは外国でも通じるものらしい。

「意地悪をしているわけじゃないのよ坊や。そういう決まりなの。いい？　あなたと妹……弟？　の安全のためなのよ」

「行こうゆーちゃん」

これ以上ねばっても勝ち目はないと見て、勝利は弟の手を引っ張った。ポートオーソリティーは巨大《きょだい》なステーションで、入口からチケットカウンターを探し当てるまでにかなりの時間を要した。また同じ道を戻《もど》るのかと思うと気が滅入《めい》るが、長距離バスのチケットが手に入らないなら仕方がない。

目的地をもっと手前に設定し、列車で行く方法も考えた。その方がゆったりとした旅になり、幼い有利にとっても楽だろう。けれどアムトラックのチケットは、児童だけではバス以上に手に入りにくい気がする。来た道を正確に辿りながら、勝利は次善の策を練った。

ニューヨークで購入《こうにゅう》できないならば、隣《となり》の州まで足を伸《の》ばせばどうだろう。アメリカは州によって法律にばらつきがある。ニュージャージーなら十二歳以下でも許可されるかもしれない。

「ねー、しょーちゃーん」

繋《つな》いだ手にきゅっと力がこもる。

「なに？　おしっこ？」

「んーん」

有利は三歳児なりの真剣《しんけん》な顔をした。

「ゆーえんちは？」

「あのね、ゆーちゃん、今はそれどころじゃ……」

勝利は言い掛けて口を噤《つぐ》んだ。彼はホテルを出た当初から、遊園地に行きたいと訴《うった》えていた。それを無理やり我慢《がまん》させてきたのは自分だ。まず部屋を離《はな》れてからね、次に、乗り物に乗ってからねと誤魔化《ごまか》して、たった三歳の弟に我慢を強《し》いてきたのだ。ぎゅっと手を握《にぎ》り返す。

「そうだね、もうタクシーにも地下鉄にも乗ったから、次は遊園地の番だったね。じゃあ今日は小さな子供でもジェットコースターに乗れる、ちょっと遠くの遊園地に行こうか」

「ほんとう？」

有利は顔を輝《かがや》かせた。

「本当だよ」

これまでの疲《つか》れを忘れたのか、有利は急に元気になった。彼等は地上を42丁目の駅まで戻り、もう一度改札にトークンを入れる。

「南に向かうんだから……ダウンタウンか」

「まっちゃーん！」

思わず突《つ》き放すように言ってしまい、すぐに後悔《こうかい》する。弟は声を細め、下から窺《うかが》うように訊《き》いてきた。怯《おび》えさせてしまったのだ。

「……はまちゃん？」

「違《ちが》うよっ」

勝利は膝《ひざ》を折り、小さな弟を抱《だ》き締《し》めた。緊張《きんちょう》しているのは自分だけではない、まだ三歳で、英語も殆《ほとん》ど理解できない有利のほうが、自分よりずっと不安なはずだ。

「そうだね、ダウンタウンははまちゃんだね……ごめんねゆーちゃん。おにいちゃん怒《おこ》ったわけじゃないんだよ」

「しょーちゃん」

それにしても語彙《ごい》の少ない子供だ。

彼等は夜と昼の区別のつかないホームで、手を繋いで列車を待っている間も、落書きを消した跡《あと》の残るドアが開き、そこそこ乗客のいる車内に入るときも、とにかく人の多い場所を選んだ。弟を膝の間に座らせて、兄は大きく息をつく。

車輛《しゃりょう》中の視線が全《すべ》てこちらに向かっているように感じた。あの、音楽を聴《き》いているアフリカ系の青年も、新聞を読んでいるスーツ姿の男も、ロゴの入った紙袋《かみぶくろ》を抱《かか》えている老婦人でさえ、彼等をじっと見ている気がした。

そんなはずがない。自分が意識しているほど、他人はこちらに注目していないものだ。

「いす、オレンジ……かたーい」

「うん、硬《かた》いね。でも仕方がないよ」

仕方がない。ぼくらは遠くまで行かなくちゃならないんだ。

不安や緊張にも慣れなければ。

4

一時間乗った地下鉄の終点は、マンハッタンから最も近いビーチだった。

どこまでも続く砂浜《すなはま》は、歩いても歩いても果てがなさそうだ。遅《おそ》い午後、水辺に遊ぶ人々は大人も子供も声をあげてはしゃぎ、夏の訪《おとず》れを心待ちにしているようだった。

いい具合に色の褪《あ》せたボードウォークの先に、小規模な遊園地はあった。設備の何もかもが古くそして温かく、どことなく日本人の郷愁《きょうしゅう》を誘《さそ》う。

「なんか、懐《なつ》かしい感じだね」

母親が若い頃《ころ》アルバイトをしたという横浜ドリームランドや、春休みに祖父母と遊びに行った花やしきを思わせる。通過するたびに柱が軋《きし》むコースターは、アメリカで最初に作られたものらしい。

有利は回転させると今にも壊《こわ》れそうなコーヒーカップや、不安定に揺《ゆ》れる観覧車の窓にしがみついて歓声《かんせい》をあげた。天辺《てっぺん》近くまで上ると、海原《うなばら》の遠くまで見渡《みわた》せる。

「ゆーちゃん、海の向こうに何があるか知ってる?」

「にっぽん?」

「残念でした。ヨーロッパだよ」

「うそだーぁ」

三歳児の世界には、日本とアメリカしか存在しないに違《ちが》いない。

空腹を訴《うった》える弟にホットドッグとオレンジジュースを買ってやる。園内には至る所に人魚のディスプレイが飾《かざ》られていて、それを見るたびに有利は指を差して喜んだ。

「しょーちゃん、ぎょじん、ぎょじーん!」

「人魚じゃないかなあ」

はしゃぐ子供を微笑《ほほえ》ましく思ったのか、近くにいた職員が昨日がマーメイドフェスティバルだったことを教えてくれた。更《さら》に親切に子供用の人魚の尻尾《しっぽ》を持ち出してきて、それを履《は》いた有利をインスタント・カメラで撮《と》ってくれた。

ご機嫌《きげん》ゲージ最高潮の弟は、兄の手を引きあちらへこちらへと連れ回し、同意を求めては声をたてて笑った。楽しかった。

やがて海に向けて太陽が傾《かたむ》いて、足元の影《かげ》がかなり長くなる。それと同時に人々が帰路につき始め、賑《にぎ》やかだった園内は急速に静まり返っていった。

陽《ひ》の沈《しず》む頃、人気のなくなったビーチを歩くのは、彼等と海鳥ばかりになる。

遊び疲《つか》れてぼんやりしている弟の肩《かた》を引き寄せ、二人は駅までの道をゆっくりと歩いていた。たった三歳の脳と身体《からだ》は、快い疲労《ひろう》で居眠《いねむ》りでも始めそうだ。

「ゆーちゃん、寝《ね》ちゃだめだよ。これからまた電車に乗るんだから」

「んー」

夜の地下鉄は危険だ。そんなことは判《わか》っている。野宿するわけにもいかないし、ここからホテルに電話して、あっさりと親元《もと》に戻るわけにもいかない。両親が本当に離婚《りこん》したら、彼等は離《はな》ればなれになってしまうのだ。弟と別れるのは絶対に嫌《いや》だったし、物みたいに扱《あつか》われるのも不愉快《ふゆかい》だった。

とはいえ、自分達は八歳と三歳だ。長距離切符《ちょうきょりきっぷ》の購入《こうにゅう》さえ断られる二人に、部屋を貸そうという宿があるだろうか。カタツムリくらいのスピードで進みながら、勝利は昼に観《み》た映画を思い出した。

場末のモーテルなら、変に詮索《せんさく》せず泊《と》めてくれるかもしれない。今にも抜《ぬ》けそうな階段が軋み、隣《となり》の部屋から銃声《じゅうせい》が聞こえるような部屋だ。シャワーからは茶色い水しか流れない。それどころかシャワーブースは各階に一ヵ所で、バス・トイレは共同使用。

勝利は溜《た》め息と共にズボンに隠《かく》した財布《さいふ》を見下ろした。

一泊《いっぱく》する程度の金はある。なのに子供だというだけで、まともな場所で寝られない。泣きたくなった。足が重く、地面ばかり見てしまう。途方《とほう》に暮れるというのはこんな感じなのかと、子供ながらに気が鬱《ふさ》いだ。

「あ」

歩きながらうつらうつらしていた有利が、何かを見つけてスキップになる。遊歩道の数メートル先に、電話ボックスくらいの箱がぽつんと置かれている。

「しょーちゃん、でんわー」

「家には電話できないよ」

「どうしてー？」

「迎《むか》えに来てはもらえないんだ。おにいちゃんと二人だけで遠くへ行くんだよ」

「ふーん」

「いや？」

迷うことなく有利は首を横に振《ふ》った。それが誇《ほこ》らしく、同時に守ってやれない無力感に情けなくもなる。

「あれが『もしもボックス』で、今すぐに大人になれたらいいのにね」

「ししゃもぼっくすー？」

「もしもボックスだよ」

傍《そば》まで来ると、背の高い木製の箱は公衆電話ではないことが判った。下半分は板で囲まれており、ピンクと黄色の波打つ書体で、ミラクル、マジック、ドリーム等と書かれている。逆に上半分は硝子《ガラス》張りで、ターバンを巻き口髭《くちひげ》を描《か》いた怪《あや》しいアラビア人の張りぼてが、白目がちの両眼《りょうめ》を見開いていた。

「これしってる！　テレビでみたよねっ」

「うん。お昼の映画で観たね」

確か、占《うらな》いマシンか願い事マシンみたいなものだった。掌《てのひら》に落とした硬貨《こうか》がレールを転がって腕《うで》を伝い、うまく口髭に載《の》れば一つだけ願い事をできる決まりだ。違ったかな。

「コイン、コイン！」

せがむ弟に25セントを握《にぎ》らせて、投入口まで届くよう抱《だ》き上げてやった。鈍《にぶ》く光る金属は細いレールを転がり、アラビア人の顔に近付いてゆく。有利は息をするのも忘れてそれを見守り、やがて硬貨《こうか》が人形の右の口髭にうまく載ると、大喜びで手を叩《たた》いた。唇が動いて録音された男の声が、癖《くせ》のある英語で『一つだけ願いを叶《かな》えよう』と言う。

「しょーちゃん、おねがい、おねがいは？」

「ええ？」

そんなこと咄嗟《とっさ》には思いつかない。あの主人公は何を頼《たの》んでいたっけ。確か……。移動遊園地の機械の前で、子役の言った台詞《せりふ》が脳裏《のうり》に甦《よみがえ》る。今の自分ととてもよく似た希望だ。勝利は喉《のど》の渇《かわ》きを我慢《がまん》して口を開いた。

「早く大人に……」

彼が最後まで言い終わる前に、杖《つえ》が混ざったせいで奇妙《きみょう》なリズムになった靴音《くつおと》が、猛《もう》スピードで突《つ》っ走ってきて、願い事ボックスの背後に回り込んだ。驚異的《きょういてき》な力で裏側のベニヤ板を剥《は》がし、張りぼてのアラビア人を引き倒《たお》す。上半身しかなかった人形を脇《わき》に放《ほう》ると、男は空いた隙間《すきま》に無理やり身体をねじ込んだ。

夏前だというのに黒のスーツに黒のサングラス姿だ。瞬間《しゅんかん》的に、誰《だれ》か有名な俳優に似ていると思ったのだが、あまり子供の口にのぼる名前ではなかった。

「……すごい無茶するなあ」

男は息を弾《はず》ませたまま、硝子の中に収まって訊《き》いた。

「や、やあシブヤ、ブラザース。私はボブ。き、きみの願いは、何だね？」

「早く大人に……くっ」

耐《た》えきれずに勝利は噴《ふ》きだした。こんな箱、こんな子供騙《こどもだま》しの単純な機械、誰でも嘘《うそ》と知っている。頼んだからって願いが叶うわけはない。ましてや人体の仕組みを無視して、今すぐ大人にしろなどとは無理な話だ。それこそミラクル、マジック、ドリーム。映画じゃあるまいし、今どき小学生だって信じていない。

「なれるわけないよ。今すぐ大人になんて」

「大人に。それはきみのリトル・ブラザーのためかな？」

「そうだけど……そうじゃないかもしれない。自分のためかも。ゆーちゃんと別れて暮らしたくないんだ。ぼくがもう少し年長なら、二人で遠くへ逃《に》げられるのにな」

勝利は弟を地面に下ろしてから、ちょっとませた小学生の口調で言った。

「でもこの世界にそんな魔法《まほう》はないんだ。ぼくは急に二十歳にはなれない……誰だか知らないけど、そこから出たらどうですか。暑いでしょう」

「私はっ、ボブだ。皆《みな》、そう呼ぶ」

彼は少しだけ眉《まゆ》を下げ、情《なさ》けなさそうに箱から脱《ぬ》けた。全速力で走ってきたのだろう、呼吸が元に戻らずに、膝《ひざ》に両手を当てて屈《かが》み込む。黒いステッキがボードウォークにカランと転がった。

「こんな幼い、兄弟だけで、ニューヨークをっ。きみたちの両親は、何を、やっているんだ」

「父と母は離婚の危機です」

「りんごの木ー！」

一時だけ眠気《ねむけ》から解放されたのか、有利が元気良く応《こた》えた。止める間もなくボブの顔に手を伸《の》ばす。

「メガネメガネ」

「こらゆーちゃん、おじさんのサングラスを取っちゃ駄目《だめ》……」

外れたグラスの下から、男の裸眼《らがん》が現れる。あり得ないようなその色に、勝利は一瞬《いっしゅん》息を呑《の》んだ。

「どうした？」

「……目が」

だが、黄金《おうごん》だと思った瞳《ひとみ》は、改めて見直せばごく普通《ふつう》の黒だった。男は意味ありげな笑いを浮《う》かべ、言葉の続きを待っている。

「いえ、勘違《かんちが》いかもしれません」

「そうか」

彼は有利からサングラスを取り戻した。

「歳《とし》を取ると眼《め》まで弱くなるものでね、こんな物にでも頼《たよ》らないと、夕陽《ゆうひ》を見るのがきつい。それにしてもこの子は落ち着きがないな。本当に大丈夫《だいじょうぶ》なんだろうか」

「弟を悪く言わないでください」

何が大丈夫なのかはさっぱり判らないままで、勝利は腕の中の家族を抱き締《し》めた。

「まだ三歳なんです」

「知っているよ。きみたちのことはとてもよく知っている。生まれる前からね。ご両親とも知り合いだ。いやもっと先代のシブヤ家からの、実に古い付き合いだ。それだけ親しみも感じている。だからきみの弟を悪く言うつもりはなかったんだが」

有利はぽかんと口を開けて、喋《しゃべ》る男の顎《あご》を見ていたが、髭《ひげ》がないのですぐに飽《あ》きてしまったらしく、ビーチに残されていたマーメイド・パレードの看板を指差し、ぎょじんぎょじんと再び囃《はや》し始めた。ボブは唇《くちびる》だけで苦笑いし、愛らしい子犬にでもするように、幼児の前髪《まえがみ》を軽く摘《つま》んだ。

「このさき彼はとても遠い場所に行かなくてはならない。危険な目にも遭《あ》うだろうし、厳しい選択《せんたく》を迫《せま》られることもあるだろう。だから少し心配になったんだ。このままで大丈夫なのだろうかとね。しかし」

砂浜《すなはま》に波が打ち寄せては引き、また打ち寄せては引いてゆく。耳を癒《いや》すその響《ひび》きは、どの海でもそう違《ちが》いはない。

「それも杞憂《きゆう》なのだろうな」

ボブは杖《つえ》を鳴らしながら、ボードウォークの縁《ふち》まで歩いた。前のめりになり、今にも海に落ちてしまいそうだ。

「……杞憂なのだろうな」

「危険な目に遭うってっ」

間違《まちが》いなく男に届くように、勝利は声を強めて訊いた。

「危険な目に遭うって、本当ですか？　遠くに行くって。代わってやれないんですか、有利じゃなくちゃならないんですか!?」

「そうだ」

海の向こうを眺《なが》めたままボブは首を振った。

「彼の人生は、誰にも代わってやれない。その子でなくてはならないんだ」

急に両脚《りょうあし》から力が抜《ぬ》けて、勝利は数歩後退《あとずさ》った。抱《かか》え込んだ有利の身体《からだ》ごと、兄弟は背後の

ベンチにへたりこむ。木製の椅子《いす》は夏前の日差しを溜《た》めて温かい。

「しょーちゃん？」

小さな手が、兄の膝を摩《さす》った。

「しょーちゃんだいじょうぶ？」

「大丈夫、何でもないよ」

足の裏に触《ふ》れている茶色の板から、波の震動《しんどう》が伝わってきた。ボブと名乗った謎《なぞ》の多い男は、身体を捻《ひね》って兄弟の方を向いた。

「彼の責務を代わってはやれないが、手助けすることならきみにもできるだろう」

「……どうやって」

勝利は顔を上げてもう一度尋《たず》ねた。

「どうやって？」

「私の仕事を継《つ》いでくれればいい」

「何ですか、あなたの仕事って。どんな仕事なんですか、どこかの社長？」

「社長……まあ似たようなものだな。小さな国の国家予算程度の金を動かし、同じく小さな国の人口程度の人をまとめる仕事だ」

「ひょっとして、都知事？」

どこかのニュースか新聞で、東京都の規模は国家レベルだと知ったのだ。知事という単語が思い出せずに、勝利はそこだけ日本語で言った。ボブは理解できなかったのか、サングラスの奥で眉を上げる。

「でもぼくは埼玉《さいたま》県民だし、あなたの後を継ぐ理由もない。どうして会ったばかりのぼくに、そんなことを言うんですか」

「簡単な話だ」

伸びた影《かげ》が兄弟の足元に届いた。勝利は何の根拠《こんきょ》もなく、人間と違う色を感じ取る。

「私ももう年老いた。随分《ずいぶん》長くこの仕事を続けてきたが、この辺で誰かに地位を譲《ゆず》り、肩《かた》の荷を下ろして休みたい」

「そんなに歳を取っているようには見えません」

「見かけで判断してはいけないよ」

オレンジ色の逆光を受けたボブの顔は、五十代と言われれば五十代にも思えたが、本人に八十と申告されれば、それなりの年齢《ねんれい》と納得《なっとく》できた。不思議な男だ。

「人を見かけで判断してはいけない。きみのリトル・ブラザーも、きみや私からすれば単なる落ち着きのない幼児かもしれないが、その小さな魂《たましい》の中には、どんな秘密を抱えているか判《わか》らない」

「単なる幼児って」

勝利は、穏《おだ》やかな疲《つか》れで体温を上げている弟の身体を抱《だ》き締めた。

「……弟をそんなふうに言うな」

「すまなかった」

ボブは、大人にしては珍《めずら》しくすぐに謝罪してから、嫌味《いやみ》のない口調で続けた。

「きみにとっては、離《はな》れたくなくて家出をするくらい大切な弟だったな。だがそれは両親にとっても同じだろう。今頃《いまごろ》きみたち兄弟を、目の色変えて捜しているはずだ。彼等がきみたちを不幸な目に遭わせるはずがない」

「なんでそんなこと判るんですか」

「言っただろう。私はずっと昔から、きみたち家族をとてもよく知っているんだよ」

そう言われると不思議な気分になる。こんな異国で、こんな観光地で、昔からの知り合いに出くわす確率はどれくらいだろうか。勝利は諦《あきら》めて頭を振《ふ》った。とても計算できない。

「帰ろう、シブヤブラザース。大丈夫、シブヤ夫妻はきみたちを引き離したりはしない。もしまだご両親の態度に不安があるなら、きみたちが一緒《いっしょ》に暮らせるように、微力《びりょく》ながら私が口添《くちぞ》えする」

男は、長い手を真っ直《す》ぐに差し伸《の》べた。

「さあ、帰ろう」

勝利はゆっくりと首を横に振る。

「知らない人と、一緒には行けない」

ボブはサングラス越《ご》しに両目を細め、ステッキを鳴らしながらボードウォークを歩いて傍《そば》まで来ると、幼い兄弟の隣《となり》に座った。

「では帰らなくていい。ここにいよう。きみたちの大人げない両親が血相を変えて迎《むか》えに来るまで、こうして海を眺めていよう」

膝《ひざ》の間に収まっていた弟の身体が、不意に重さを増して胸に寄り掛《か》かってきた。

「ゆーちゃん、寝《ね》ちゃったの？　ゆーちゃん」

規則正しい呼吸が長く細くなり、柔《やわ》らかい髪《かみ》が勝利の顎をくすぐる。

「……いいよ、そのまま寝ていていいよ」

凪《な》いだ海を橙色《だいだいいろ》に染めて、大きな夕陽《ゆうひ》が半分沈《しず》んだ。波が揺《ゆ》れるリズムに合わせて、光も彩《いろどり》を変えてゆく。

温かかった。

夕陽と同じくらい温かかった。

「なるほどね、世界中廻《めぐ》り廻って、現在はアリゾナに滞在《たいざい》中ですか」

ファイルを開くと地平線に沈む夕陽が映っていた。ボブからのメールには、いつも夕陽の画像がついている。

「我《わ》が人生はかくの如《ごと》し、か。年寄り年寄りって、そんなにアピールしなくてもいいだろ」

短く簡潔な英文は、いつもどおりの内容だ。株式とか、世界情勢とか、金融《きんゆう》市場とか。その後には付け足しみたいな決まり文句、後継者《こうけいしゃ》が育つのを心待ちにしていると。

「気が早いんだよ。こっちはまだ大学も出てないってのに」

彼がメールソフトを終了《しゅうりょう》させると、ちょうど門と玄関《げんかん》を乱暴に閉める音がして、誰《だれ》かが階段を駆《か》け上がってきた。ノックもなく扉《とびら》が開かれて、汗《あせ》まみれの有利が顔をだす。

「パソコン貸して。昨日の試合の画像見せ……なんでこんな寒いんだ!?」

部屋の温度にぎょっとして、クーラーのリモコンと窓に飛びかかった。続いて持ち主の許可を得ずにパソコンデスクの前に立ち、美少女のスクリーンセーバーを目にして嫌《いや》な顔をした。

「新しいギャルゲーか……いい歳してさ。またキャラクターにおれの名前つけたりしてねーだろな」

「あーん? キャラにお前の名前ぇ? おにいちゃんが一体いつそんなことをしたっていうんですか。西暦《せいれき》何年何月何日ィ? 何時何分何十秒? 地球が何回まわったときィ?」

「嘘《うそ》つけ! してただろっ!? この間、ほらあーいうなんだ、弓道部《きゆうどうぶ》の女の子役にッ」

「あれはゆーりって女性名を使っただけで、別に弟の名前をつけたわけではありませんー」

「うっ、嘘つき! おれへの嫌がらせのためにあんな名前でプレイしたくせに。あーもう勝利は嘘ばっかつくんだから！」

「大体ね、おにいちゃんはクソ生意気な弟なんかじゃなくて、ゆーりって名前の可愛《かわい》い妹が欲《ほ》しかったの。男くさい学ランの野球小僧《こぞう》じゃなくて、爽《さわ》やかな弓道部の美少女を妹に持ちたかったんですー」

「っがーっ、は、腹立つーー！」

弟は汗に濡《ぬ》れた髪を掻《か》き回し、夏の熱気の入り始めた部屋で地団駄《じだんだ》を踏《ふ》んだ。勝利は窓を大きく開け放ってやりながら、枕《まくら》の上にあったスポーツタオルを投げつけた。


弟なんて本当につまらない。

もしも生まれ変われるなら、今度は素直《すなお》で可愛い妹の、ちょっと情けない兄貴になりたいものだ。

ムラケンズ的恥《は》ずかしい過去と決別宣言

「柱のー、チーズは、どこへ行ったー、五月五日のー、自己啓発《けいはつ》ーっと。たんざにあ、ムラケンズの自分探ししないほう、ムラケンこと村田健です」

「……最近、村田のギャグについていけない渋谷です。大体なあ、タンザニアは挨拶《あいさつ》じゃないだろうタンザニアは」

「はいそこ、小さいことに拘《こだわ》らなーい。小さいといえばさ、前回訊《き》いたと思うけど、探してみた？　子供の頃《ころ》の写真」

「探した探した。それがさあ、ないんだよな。赤ん坊《ぼう》の頃と、四歳くらいからはあるんだけど、二、三歳あたりがぷっつりと切れてんの。まあ生まれたばっかの写真があったから、少なくとも潮干《しおひ》狩《が》りの帰りに拾われたわけではないだろうと……」

「やっぱりね」

「な、何がやっぱり？」

「それで渋谷、きみはその空白の期間の記憶《きおく》があるかい？」

「空白の期間て。だって二歳三歳なんて、誰でも朧気《おぼろげ》にしか覚えてないだろ。んーそうだな、何かすげえ怖《こわ》いものに抱《だ》かれて攫《さら》われかけて……何か本来の自分ではないものに変身させられたり……上半身だけ人間の未確認生命体《UMA》に改造されかけたり……はっ、まさかこれって。おれって三歳のときに宇宙人に攫われた⁉」

「違《ちが》うよ、相変わらず素人《しろうと》考えだなあ。実はね渋谷、前にも言ったと思うけど、僕はほら幼稚《ようち》園《えん》の頃から早くも天才児でね」

「じ、自分で自分を天才児と。まあうちの兄貴もそうようちの兄貴も。でも成長してみりゃただのギャルゲー好きってこともあるかんな」

「で、別室に隔離《かくり》されて知能テスト受けさせられたり、大学病院で検査されたりするわけよ。ちょっとなんか普通《ふつう》じゃないからって。白ーい部屋でね。研究者とか記録者と。あと学会から来た児童心理学の世界的権威《けんい》とかと」

「て、天才児やってくのも大変なんだな。うーん、お前の場合は特殊《とくしゅ》だもんな。ほら、過去の人生をぜーんぶ記憶してるってやつ」

「そう。お陰《かげ》様で第一次世界大戦には妙《みょう》に詳《くわ》しいけど、第二次世界大戦については途中《とちゅう》で記憶が切れてる幼稚園児ね。かなーりヤな感じ。で、殆《ほとん》どの医者は非常に興味深いとか、是非《ぜひ》とも今後の追跡《ついせき》調査をとかしか言わないわけなんだけど、その中のちょっと奇天烈《きてれつ》な小児科《しょうにか》医が」

「や、やっぱり宇宙人に攫われた説を主張したのか？」

「そうじゃなくて。いやー、稀《まれ》にあることだから気にしなーい、でもあんまり他人には話さないほうがいいかもねー、ところできみ、誰《だれ》が一番うまくガンダムを動かせると思うー？　と」

「誰が一番うまくガンダムをったたってなあ、ガンダムにも色々あるだろうし。ポジションも違えば変化球投手か直球勝負かもあるだろうし。あ、打率か。打率で比べればいいのか」

「……なんか、渋谷のために作ってあげたくなるなあ。ベースボールガンダム。でさ、自分ちの息子《むすこ》が他《ほか》の子と違うと、どんな親でもちょっと心配になるもんじゃない？　それでうちの母親も、その奇天烈な小児科医に訊いたらしいんだよね。そんな重大な秘密を持ったまま育って、この子は非行に走って盗《ぬす》んだバイクで逃《に》げ出したりしないでしょうか、って」

「おれだったらマッドサイエンティストになる可能性を考えるね！」

「友達もできるか心配だったらしいよ。なんせ普通じゃないから。で、そのとき、大丈夫《だいじょうぶ》、きみは将来こんな子とお友達になるよーって渡《わた》された写真がこれだよ」

「どれどれ？　へええー、女の子？　あらら人魚の尻尾《しっぽ》つけて。おおこっちはフリルのエプロンドレスで……なあ村田、この子何で恐《おそ》ろしい女装のオネーサンたちに抱《かか》え上げられてんの？　この人達の娘《むすめ》ってわけじゃねぇよなあ……で結局、お前はこの子と友達になったのか？」

「……まさか渋谷、まさか本当に気付いてないの？」

「何だよー。あっお前おれを騙《だま》そうとしてんの？　写真自体が合成だとか、今までの話は全部嘘《うそ》だったとかで」

「なんという鈍《にぶ》さ、いやなんという純粋《じゅんすい》さだろう。きみの瞳《ひとみ》に参拝《さんぱい》！」

「だーかーらー、柏手《かしわで》を打つな、柏手を！」

あとがき

ごきげんですか、喬林です。春だねえ桜が綺麗《きれい》だねえ、花見で一杯《いっぱい》やりたいねー等と思っていたら、もう五月ですか、GなWですか。ということはこの本が皆様《みなさま》のお手元に届く頃には、ペナントレースも始まって一ヵ月が過ぎ、伊東ライオンズも絶好調という状態ですね。そしてもうすっかりアニメ（NHK・BS2で毎週土曜日朝九時から放送中）も軌道《きどう》に乗り、『㋮王降臨フェア！』の「どうなの!?」なストラップにも応募《おうぼ》してくださる方が出始めていると。

読者の皆様、いつも本当にありがとうございます。ああ、夢のように幸せ。夢？　ちょっと箪笥《たんす》の角に足の小指ぶつけてみよう痛《い》てて。そういえば、雑誌掲載《けいさい》短編を収録した今回、ついに表紙からあの超絶《ちょうぜつ》美形が消えるという、ある意味衝撃的《しょうげきてき》な事件が起こっています。フォンクライスト卿《きょう》、㋮から卒業か（違います）!?　ついに途切れた灰色の髪《かみ》の乙女《おとめ》伝説（乙女じゃないから）。果たして呪《のろ》いは誰に降りかかるのか。というわけで、次回『美形の呪いをはね返せ（仮）』を宜《よろ》しくお願いします……ちょっと待て私、そのタイトルは少年陰陽師《おんみょうじ》だろう……。

喬林　知

角川書店㋮公式HP【眞魔国 王立広報室】http://www.maru-ma.com

「息子は㋮のつく自由業!?」の感想をお寄せください。
おたよりのあて先
〒102-8078 東京都千代田区富士見2-13-3
角川書店アニメ・コミック事業部ビーンズ文庫編集部気付
「喬林 知」先生・「松本テマリ」先生
また、編集部へのご意見ご希望は、同じ住所で「ビーンズ文庫編集部」
までお寄せください。

息《むす》子《こ》は㋮のつく自《じ》由《ゆう》業《ぎよう》!?

喬林《たかばやし》 知《とも》

角川ビーンズ文庫 BB4-12 13330

平成16年5月1日 初版発行
平成17年7月30日 11版発行

発行者———井上伸一郎
発行所———株式会社角川書店
東京都千代田区富士見2-13-3
電話／編集（03）3238-8506
営業（03）3238-8521
〒102-8177 振替00130-9-195208
印刷所———暁印刷 製本所———コオトブックライン
装幀者———micro fish

ISBN4-04-445212-1 C0193 定価はカバーに明記してあります。